汪曾祺

寂寞和温暖

寂寞和温暖

《长河文丛》……梁由之 主编

汪曾祺小说选集

汪曾祺——

著

九州出版社
JIUZHOUPRESS

图书在版编目（CIP）数据

寂寞和温暖：汪曾祺小说选集 / 汪曾祺著. -- 北京：九州出版社，2017.11
　　ISBN 978-7-5108-6311-0

　　Ⅰ．①寂… Ⅱ．①汪… Ⅲ．①小说集－中国－当代
Ⅳ．①I247

中国版本图书馆CIP数据核字（2017）第262150号

寂寞和温暖：汪曾祺小说选集

作　　者	汪曾祺	
责任编辑	李黎明	
封面设计	吕彦秋	
出版发行	九州出版社	
地　　址	北京市西城区阜外大街甲 35 号（100037）	
发行电话	（010）68992190/3/5/6	
网　　址	www.jiuzhoupress.com	
电子信箱	jiuzhou@jiuzhoupress.com	
印　　刷	北京文昌阁彩色印刷有限责任公司	
开　　本	880 毫米×1230 毫米　32 开	
印　　张	8	
字　　数	150 千字	
版　　次	2018 年 3 月第 1 版	
印　　次	2018 年 3 月第 1 次印刷	
书　　号	ISBN 978-7-5108-6311-0	
定　　价	49.80 元	

出版说明

《寂寞和温暖》是汪曾祺先生一个短篇的篇名，很多人读过并且喜欢，印象深刻。其实，它还是汪老在台湾出版的第一部小说选集的书名，新地出版社1987年初版，次年再版，平装，繁体竖排，是一个很有特色的选本。奇怪的是，该书一直未出过简体横排本，受众有限。

九州出版社应天顺人，首次推出精装新版，简体横排，精心编校，向汪曾祺先生致敬，同时满足广大读者的需求。

汪老仙逝，倏忽廿载。多好一老头。多么精美纯粹的文字。发排之际，感触良多。不由想起他在名作《徙》中一句话：

墓草萋萋，落照昏黄，歌声犹在，斯人邈矣。

自　序

　　近年来有人称我为老作家了，这对我是新鲜事。老则老矣，已经六十一岁；说是作家，则还很不够。我多年来不觉得我是个作家。我写得太少了。

　　我写小说，是断断续续，一阵一阵的。开始写作的时间倒是颇早的。第一篇作品大约是一九四〇年发表的。那是沈从文先生所开"各体文习作"课上的作菜，经沈先生介绍出去的。大学时期所写，都已散失。此集中所收的第一篇《复仇》，可作为那一时期的一个代表，虽然写成时我已经离开大学了。一九四六、四七年在上海，写了一些，编成一本《邂逅集》。此集的前四篇即选自《邂逅集》。这次编集时都作了一些修改，但基本上保留了原貌。后来长期担任编辑，未写作。一九五七年偶然写了一点散文和散文诗，一九六一年写了《羊舍一夕》。因为少年儿童出版社约我出一个小集子（听说是萧也牧所建议），我又接着写了两篇。一九七九年到一九八一年写得多一些，这都是几个老朋友怂恿的结果。没有他们的鼓励、催迫、甚至责备，我也许就不会再写小说了。深情厚谊，良可感念，于此谢之。

　　我的一些小说不大像小说，或者根本就不是小说。有些只是人物素描。我不善于讲故事。我也不喜欢太像小说的小说，即故事性很强的小说。故事性太强了，我觉得就不大真实。我的初期的小说，只是相当客观地记录对一些人的印象，对我所未见到的，不了解的，不去以意为之作过多的补充。后来稍稍展开一些，有较多的虚构，也有一点点情节。

有人说我的小说散文很难区别，是的。我年轻时曾想打破小说、散文和诗的界限。《复仇》就是这种意图的一个实践。后来在形式上排除了诗，不分行了，散文的成分是一直明显地存在着的。所谓散文，即不是直接写人物的部分。不直接写人物的性格、心理、活动。有时只是一点气氛。但我以为气氛即人物。一篇小说要在字里行间都浸透了人物。作品的风格，就是人物性格。

我的小说的另一个特点是：散。这倒是有意为之。我不喜欢布局严谨的小说，主张信马由缰，为文无法。苏轼说："大略如行云流水，初无定质；但常行于所当行，常止于所不可不止。文理自然，姿态横生"（《答谢民师书》）；又说："吾文如万斛泉源，不择地而出；在平地滔滔汩汩，虽一日千里无难。及其与山石曲折，随物赋形而不可知也"（《文说》）。虽不能至，心向往之。

我的小说的题材，大都是不期然而遇，因此我把第一个集子定名为"邂逅"。因此，我的创作无计划可言。今后写什么，一点不知道。但如果身体还好，总还能再写一点吧。恐怕也还是断断续续，一阵一阵的。

是为序。

一九八一年四月二十二日

目　录

复　仇

——给一个孩子讲的故事

一缶蜜茶，半支素烛，主人的深情。

"今夜竟挂了单呢"，年轻人想想暗自好笑。

他的周身装束告诉曾经长途行脚的人，这样的一个人，走到这样冷僻的地方，即使身上没有带着干粮，也会自己设法寻找一点东西来慰劳一天的跋涉，山上多的是松鸡野兔子。所以只说一声：

"对不起，庙中没有热水，施主不能洗脚了。"

接过土缶放下烛台，深深一稽首竟自翩然去了，这一稽首里有多少无言的祝福，他知道行路的人睡眠是多么香甜，这香甜谁也没有理由分沾一点去。

然而出家人的长袖如黄昏蝙蝠的翅子，扑落一点神秘的迷惘，淡淡的却是永久的如陈年的檀香的烟。

"竟连谢谢也不容说一声，知道我明早甚么时候便会上路了呢？——这烛该是信男善女们供奉的，蜜呢？大概庙后有不少蜂巢吧，那一定有不少野生的花了啊，花许是栀子花，金银花，……"

他伸手一弹烛焰，其实烛花并没有长。

"这和尚是住持？是知客？都不是！因为我进庙后就没有看见过第二个人，连狗也不养一条，然而和尚绝不像一个人住着，佛座前放着两卷经，木鱼旁还有一个磬，……他许有个徒弟，到远远的地方去乞食了吧……"

"这样一个地方，除了做和尚是甚么都不适合的。……"

何处有叮叮的声音，像一串散落的珠子，掉入静渚的水里，一圈一圈漾开来，他知道这绝不是磬。他如同醒在一个淡淡的梦外。

集起涣散的眼光，回顾室内：沙地，白垩墙，矮桌旁一具草榻，草榻上一个小小的行囊，行囊虽然是小的，里面有萧萧的物事，但尽够他用了，他从未为里面缺少些甚么东西而给自己加上一点不幸。

霍地抽出腰间的宝剑，烛影下寒光逼人，墙上的影子大有起舞之意。

在先，有一种力量督促他，是他自己想使宝剑驯服，现在是这宝剑不甘一刻被冷落，他归降于他的剑了，宝剑有一种夺人的魅力，她逼出年轻人应有的爱情。

他记起离家的前夕，母亲替他裹了行囊，抽出这剑跟他说了许多话，那些话是他已经背得烂熟了的，他一日不会忘记自己的家，也绝不会忘记那些话。最后还让他再念一遍父亲临死的遗嘱：

"这剑必须饮我的仇人的血！"

当他还在母亲的肚里的时候，父亲死了，滴尽了最后一滴血，只吐出这一句话。他未叫过一声父亲，可是他深深地记得父亲，如果父亲看着他长大，也许嵌在他心上的影子不会这么深。

他走过多少地方，一些在他幼年的幻想之外的地方，从未对连天的烟波发过愁，对连绵的群山出过一声叹息，即使在荒凉的沙漠里也绝不对熠熠的星辰问过路。

起先，燕子和雁子还告诉他一些春秋的消息，但是节令的更递对于一个永远以天涯为家的人是不必有所在乎的，他渐渐忘了自己的年岁，虽然还依旧记得哪一天是生日。

"是有路的地方，我都要走遍"，他曾经跟母亲承诺过。

曾经跟年老的舵工学得风雨晴晦的知识，向江湖的术士处得来霜雪瘴疠的经验，更从荷箱的郎中的口里掏出许多神奇的秘方，但是这些似乎对他都没有用了，除了将它们再传授给别人。

一切全是熟悉了的，倒是有时故乡的事物会勾起他一点无可奈何的思念，苦竹的篱笆，络着许多藤萝的，晨汲的井，封在滑足的青苔旁的，……他有时有意使这些淡淡的记忆浓起来，但是这些纵然如秋来潮汐，仍旧要像潮汐一样地退下去，在他这样的名分下，不容有一点乡愁，而且年轻的人多半不很承认自己为故土所萦系，即使是对自己。

甚么东西带在身上都会加上一点重量（那重量很不轻啊）。曾有一个女孩子想送他一个盛水的土瓶，但是他说：

"谢谢你，好心肠的姑娘，愿山风保佑你颊上的酡红，我不要，而且到要的时候自会有的。"

所以他一身无长物，除了一个行囊，行囊也是不必要的，但没有行囊总不像个旅客啊。

当然，"这剑必须饮我仇人的血"他深深地记着。但是太深了，像已经融化在血里，有时他觉得这事竟似与自己无关。

今晚头上有瓦（也许是茅草吧），有草榻，还有蜡烛与蜜茶，这些都是在他希冀之外的，但是他除了感激之外只有一点很少的喜悦，因为他能在风露里照样做梦。

叮叮的声音紧追着夜风。

他跨出房门（这门是廊房）。殿上一柱红火，在郁黑里招着皈依的心，他从这一点静穆地发散着香气的光中走出，山门未闭，朦胧里看得很清楚。

山门外有一片平地，正是一个舞剑的场所。

夜已深，星很少，但是有夜的光。夜的本身的光，也够照出他的剑花朵朵，他收住最后一着，很踌躇满志，一点轻狂围住他的周身，最后他把剑平地一挥，一些断草飞起来，落在他的襟上。和着溺爱与珍惜，在叮叮的声息中，他小心地把剑插入鞘里。

"施主舞得好剑！"

"见笑，"他有一点失常的高兴，羞涩，这和尚甚么时候来的？"师父还未睡，法兴不浅。"

"这时候，还有人带着剑。施主想于剑上别有因缘？

不是想寻访着甚么吗，走了这么多路。"

和尚年事已大，秃顶上隐隐有剃不去的白发，但是出家人有另外一副难描画的健康，炯炯眸子在黑地里越教人认识他有许多经典以外的修行，而且似乎并不拒绝人来叩询。

"师父好精神，不想睡么？"

"出家人尽坐禅，随时都可以养神，而且既无必做的日课，又没有经讖道场，格外清闲些，施主也意不想睡，何妨谈谈呢。"

他很诚实的，把自己的宿志告诉和尚，也知道和尚本是行脚来到的，靠一个人的力量，把这座久已经颓圮的废庙修起来，便把漫漫的行程结束在这里，出家人照样有个家的，后来又来了个远方来的头陀，由挂单而常住了。

"怪不道，……那个师父在哪儿呢？"他想问问。

"那边，"和尚手一指，"这人似乎比施主更高一些，他说他要走遍天下没有路的地方。"

"哦——"

"那边有一座山，山那边从未有人踏过一个脚印，他一来便发愿打通一条隧道，你听那叮叮的声音，他日夜都在圆这件功德。"

他浮游在一层无端的怅惘里，"竟有这样的苦心？"

他恨不得立即走到那叮叮的地方去，但是和尚说，"天就要发白了，等明儿吧。"

明天一早，踏着草上的露水，他走到那夜来向往的山下，行囊都没有带，只带着一口剑，剑是不能离弃须臾的。

一个破蒲团，一个瘦头陀。

头陀的长发披满了双肩，也遮去他的脸，只有两只眼睛，射出饿虎似的光芒，教人感到要打个寒噤。年轻人的身材面貌打扮和一口剑都照入他的眼里。

头陀的袖衣上的风霜，画出他走过的天涯，年轻人想这头陀一定知道许多事情，所以这地方比任何地方更无足留连，但他不想离开一步。

头陀的话像早干涸了，但几日相处他并不拒绝回答青年人按不住的问讯。

"师父知道这个人么？"一回头伸出左腕，左腕上有一个蓝色的人名，那是他父亲的仇人，这名字是母亲用针刺上去的。

头陀默不作声，也伸出自己的左腕，左腕上一样有一个蓝字的人名，是年轻人的父亲的。

一种异样的空气袭过年轻人的心，他的眼睛盯在头陀的脸上，头陀的瘦削的脸上没有表情，悠然挥动手里的斧錾。

在一阵强烈的颤抖后，年轻人的手按到自己的剑柄上。

——这剑必须饮我仇人的血。

"孝顺的孩子，你别急，我绝不想逃避欠下自己的宿债——但是这还不是时候，须待我把这山凿通了！"

他骤然解得未悬疑问，他，年轻人，接受了头陀的没有丝毫祈求的命令，从此他竟然一点复仇的举动都没有了。

从此叮叮的声音有了和应，青年人也挥起一副斧錾，服膺在"走遍没有路的地方"的苦心下，很快似乎忘记身旁有个头陀，正如头陀忘记身旁有一个带剑的青年人。

日子和石头损蚀在叮叮的声音里。

你还要问再后么？

一天，錾子敲在空虚里，一线天光，第一次照入永久的幽黑。

"呵"，他们齐声礼赞。

再后呢？

宝剑在冷落里自然生锈的，骨头在世纪的内外也一定要腐烂或凝成了化石。

不许再往下问了，你看北斗星已经高挂在窗子上了。

载一九四一年三月二日、三日《大公报》

老 鲁

　　去年夏天我们过的那一段日子实在是好玩。我想不起甚么恰当的词儿，只有说它好玩。学校里四个月发不出薪水，饭也是有一顿没一顿地吃。校长天天在外头跑，想法挪借。起先回来都还说哪儿能弄多少，甚么时候可以发一点钱。不知说了多少次，总未实现。有人于是说，他不说哪一天有，倒还有点希望，一说哪天有，那天准没有。大家颇不高兴，不免发牢骚，出怨言。然后生气的是他说谎，至于发不发薪水本身倒还其次。事实上我们已经穷到极限，再穷下去也不过如此，薪水发下来原无济于事，最多可以进城吃一顿。这个情形没有在内地，尤其是昆明，尤其是我们那个中学教过书的人，大概没法明白。好容易学校挨到暑假，没有中途关门。可是一到暑假，我们的日子就更特别了。钱，不用说，毫无指望。我们已好像把这件事忘了。校长能做到的事是给我们零零碎碎地弄一餐两餐米，买二三十斤柴。有时弄不到，就只有断炊。菜呢，对不起，校长实在想不到法。可我们不能吃白斋呀，嗨，有了，有人在学校荒草之间发现了很多野生苋菜。这个菜云南人管叫小米菜，不大吃，大都摘来喂猪，或在胡萝卜田堆锦积绣的丛绿之中留一两棵，到深秋时，夕阳光中晶晶的红，看着好玩。学校里的苋菜多肥大而嫩，自己去摘，半天可得一大口袋。借一二百元买点油，多加大蒜，炒它一锅，连锅子掇上桌，味道实在极好。能赊得到，有时还赊半斤本乡土制，未经漉滤的酒来，就土碗里轮流大口大口地喝！小米菜渐渐被我们几个人吃光了，有人又认出一种野菜，说也可以吃的。这种菜，或不如说这种草更恰当些，枝叶深绿色，叶如猫耳大小而又缺刻，有小毛如粉，放在舌头上拉拉的。这玩意儿北方也有，叫作"灰藋菜"，也有叫讹了成"回回菜"的，按即庄子"逃蓬藋者，闻人足音，则跫然喜"之藋也。若是裹了面，和以葱汁蒜泥，蒸了吃，也怪好吃的。可是我们买不起面粉，只有少施油盐如炒苋菜办法炒了吃吧。味道比起苋菜，可是差远了。另外还有一种菜，独茎直生，周附柳叶状而较软熟的叶子，如一根脱毛的鸡毛掸帚，在人家墙角阴湿处皆可看见的，也能吃，不知怎么似乎没有尝试过。大概灰藋菜还足够我们吃的。学校在观音寺，是一荒村，也没有甚么地方可去。我们眠起居食，皆无定时。一早起来，各在屋里看看书，到山上田里走走，看看时间差不多，就招呼招呼去"采薇"了。下午常在门外一家可以欠账的小茶棚中喝茶，看远山近草，看行人车马，看一阵风卷起大股黄土，映在太阳光中如轻霞薄绮，看黄土后面蓝得（真是）欲流下来的天空。到太阳一偏西，例当再去想法晚饭菜了。晚上无灯，——

交不出电灯费教电灯公司把线给铰了，集资买一根土蜡烛，会在一个人屋里，在凌乱的衣物书籍之间各自躺下坐好，天南地北地乱聊一气。或忆述故乡风物，或臧否同学教授，清婉幽俏，百说不厌；有时谈及人生大事，析情讲理，亦颇严肃认真；至说到对于现实政治社会，各人主张不同，带骨有刺的话也有的，然而好像没有尖锐得真打起架来过。

啊呀，题目是"老鲁"，我一开头就哩哩啦啦带上了这么些闲话做甚么？没有办法。——一个不会谈天的人才老是"我"怎么，"我们"怎么。我们（又来了！）那个时候在一处聊天时曾有戒条，不许老说自己的事。这本是针对一个太喜欢说自己的事情的人而立的。但人大概总免不了有这点儿脾气。一个从来不说自己的事情的人，八成是不近人情的怪物。我原想记一记老鲁是甚么时候来的，遂情不自禁地说了许多那时候的碎事。我还没有说得尽兴，但只得噎住了。再说多了，不但喧宾夺主，文章不成格局（现在势必如此，已经如此），且亦是不知趣了。

但这些事与老鲁实在有些关系。前已说过老鲁是那时候来的。学校弄成那样子，大家纷纷求去。真为校长担心，下学期不但请不到教员，即工役校警亦将无人敢来。而老鲁偏在这时候来了。没事在空落落的学校各处走走，有一天，似乎看见校警们所住房间热闹起来。看看，似乎多了两个人。想，大概是哪个来了从前队伍上的朋友了。（学校校警多是退伍的兵）。到吃晚饭时常听到那边有欢声。这个欢声一听即知道是烧酒翻搅出来的。嗷，这些校警有办法，还招待得起朋友啊？要不，是朋友自己花钱请客，翻做主人？走过门前，有人说"汪老师，来喝一杯"，我只说"你们喝，你们喝"，就过去了。是哪几个人也没看清。再过几天，我们在挑野菜时看见一个光头瘦长个子穿草绿色军服的人也在那儿低了头掐那种灰藋菜的嫩头。走过去，他歪了头似笑非笑地笑了一下。这是一种世故，也不失其淳朴。这个"校警的朋友"有五十了，额上一抬眉有细而密的皱纹。看他摘菜，极其内行。既迅速且"确实"。我们之中至今有一个还弄不大清楚，摘苋菜摘了些野茉莉叶子，摘灰藋菜则更不知道是甚么麻啦蓟啦的，都来了，总要别人再给鉴定一番，有时拣不胜拣，觉得麻烦，则不管三七二十一，哗啦一齐倒下锅。这么在摘菜时每天都见面，即心仪神往起来，有点熟了。他就给我们指点指点，哪些菜或草吃不得，照他说，简直可吃的太多了！他打着一嘴山东话，言语有神情趣味。

后来不但是蔬菜，即荤菜亦能随地找得到了。这大概可以说是老鲁发明的。——说发明，不对，应说甚么呢？在我看，那简直就是发明：是一种甲虫，形状略似金龟子，略长，微扁，有一粒蚕豆大，村子里人即管它叫蚕豆虫或豆壳虫。这东西自首夏至秋初从土里钻出来，黄昏时候，漫天飞，地下留下一个一个小圆洞。飞时鼓翅作声，声如黄蜂而微细，如蜜蜂而稍粗。走出门散步，满耳是这种嘤嘤的单调而温和的音乐。它们这样嘤嘤的忙碌地飞，是择配。这东西一出土即迫切地去完成它生物的义务。到一找到对象，俱就便在篱落枝头息下。或前或后于交合的是吃，极其起劲地吃。所吃的东西却只有柏叶一种。也许它并不挑嘴，不过至少最喜欢吃柏叶是可断言的。学校后旁小山上一片柏林，向晚时无千带万。单就这点说，这东西是颇高雅的，有如吃果子狸或松鸡。老鲁上山挑水，回来说是这种虫子可吃。当晚他就捉了好多。这不费事，带个可以封盖东西，或瓶或罐，走到那里，随便一掳即可有三五七八个不等，它们毫不知逸避。老鲁笑嘻嘻地拿回来，掐了头，撕去甲翅，熟练得如同祖母她们挤虾仁一样。下锅用油一炸，（他说还有几种做法）撒上重重的花椒盐，搭起酒来了。"老师，请两个嘛！"有大胆的真尝了两个，说是不错。我们都是"有毛的不吃掸子，有腿的不吃板凳"的，经闭目咧嘴地尝了一个之后，"唔！好吃。"于是桌上多了一样菜，而外边小铺里的酒账就日渐其多起来了。这酒账直至下学期快开学时才由校长弄了一笔钱一总代付了的！豆壳虫味道略如清水河条米虾。可是我若有虾吃绝不吃它。以后我大概即没有虾吃时也不会有吃这玩意儿的时候了。老鲁呢，则不可知了。不论会吃或不会吃，他想都当因之而念及观音寺那个地方的吧。

　　不久，老鲁即由一个姓刘的旧校警领着见了校长，在校警队补了个名字。校长说，饷是一两月内发不出的哩。老刘自然早知道，说不要紧的，他只想清清静静住下，在队伍上走久了，不想干了，能吃一口就像这样的饭就行。（他说到"这样的饭"时在场人都笑了一下。）他姓鲁，叫鲁庭胜，（究竟该怎么写，不知道，他有个领饷用的小木头图章，上头是这三个字）。我们都叫他老鲁，只有总务主任叫他名字。济南府人氏。何县，不详。和他一起来的一个，也"补上"了，姓吴，河北人。

学校之有校警，本是因为地方荒僻，弄几支枪，找俩人背上，壮壮胆子的意思。年长日久，一向又没发生过甚么事情，这个队近于有名无实了。上班时他们抱着根老捷克式，坐在门口长凳上晒太阳，或看学生打球。事闲了则朵朵来米西地走来走去，嘴里咬了根狗尾巴草，与卖花生的老头搭讪，帮赶车的小孩钉蹄铁。日子过得极其从容。有些耐不住的，多说声"没意思"就走了。学校也觉得这么两支老枪还是收起来吧，就一并搁在校长宿舍靠在墙角上锈生灰去了。有时忽然有谁端出来对准一只猫头鹰瞄了半天，当的一声却打在一棵老栗树叶子最多的地方。校警呢，则留下来的两三个全屈才做了工友本来做的事了。留下来的大都是爱这里的生活方式的，做点杂事倒无所谓。你别说，有一件制服在身，多少有点羁束，现在能爱怎么穿怎么穿，就添了一份自在。可是他们要是太爱那种生活方式，我们就有点不大方便。你要喝水，（做教员的水多重要！）挑水的正在软草浅沙之中躺着看天上的云呢。没办法，这个学校上上下下全透着一种颇浓的老庄气味。自从老吴和老鲁来了，气象才不同起来。

老吴留长发，向后梳，顶上秃了一块，看起来脑门子很高。高眉直鼻，瘦长身材，微微驼背。走路步子碎，稍急点就像跑了。这样的人让他穿件干干净净蓝布大衫比穿军服合适得多。学校里教书的多说国语，他那一口北京话，您啦您啦的就中意。他还颇识字，能读书报。甫来工作不久，有发愤做人之意，在自己床前贴了一副短联：

烟酒不戒哉
不可为人也

　　戒自然戒不了的，而且何必。老吴不比老鲁小多少，也望五十了，而有此志气，或有立志之兴趣，这在我们看起来，是难得的，而且不知怎么的有点教人难过。哎，我又要说不相干的话了。我说了这回事是证明他能写字耳。他管的事是进城送信送文书，在家时则有甚么做什么。他不让自己闲，哪里地不平，找把铲子弄平了；谁窗上皮纸破了，他给糊，而且出主意用清油抹一抹；地上一根草，一片纸屑，他见了，必要拾去；整天看见他在院子里不慌不忙而快快地走来走去。且脑子清楚，态度殷勤，我们每进城与熟人谈天，常提起新来了一个工友，"精彩！"有一天，须派人到一个甚么机关里交涉一宗事情，谁也不愿意去，有人说，让老吴去！校长把自己的一套旧西服取下来，说，行！真的老吴换了那身咖啡色西服，梳梳头，拿了张片子就去了。回来，结果自然满好，比我们哪个去都好。
　　一到放暑假时，大家说：完了，准备瘦吧。不是别的，每年春末之后，差不多全校要泻一次肚。在泻肚时大家眼睛必又一起通红发痒。是水的关系。这村子叫"观音寺"，可是这一带总属于"黄土坡"。昆明春天不下雨，是风季，或称干季，灰沙大得不得了。黄土坡尤其厉害。我们穿的衣服，在家里看看还过得去，一进城马上觉得脏得一塌糊涂。你即使新换了衣服进城也没用，人家一看就知道从哪里来的：我们的头发总是黄的！学校附近没有河，也没人家有井，食用的水大概是从两处挑来。一个是前面田地里的一口塘，一是后面山顶上的一个"龙潭"。龙潭，昆明人叫泉叫龙潭。那也是一口塘，想是底下有水冒上来，故终年盈满，水清可鉴。若能往山上挑龙潭里水来吃用，自是好的。但我们平日不论饮用炊煮漱口洗面的水都是田地里的塘水。向学校抗议呀，是的，找事务主任！可是主任说，"我是管事务的，我也是×××呀"！这就是说他也是个人，不只是除事务之外就甚么也没有了的，他也有不耐烦的时候。跟工友三番二次说，"上山挑"！没用。说一次，挑两天。你不能每次跟着他去。而且，实在的，上山又远，路又不好走。也难怪，我们有时去散散步，来回一趟还怪累的。再加，山上风景不错，可是冷清得很，一个人挑个水桶，斤共斤共，有甚么意思？田里至少有两个娘们锄地插秧，漂衣洗菜，热闹得多。大家呢，不到眼红泻肚时也记不起来；等记起来则已经红都红了，泻也泻了。到时候六味地黄丸或者是甚么东西每人一包，要了一杯（还是塘里来的）水，相对吞食起来。这塘水倒是我们之间的一个契合，一种盟约。老鲁来了，从此我们的肚子不大泻。眼睛是也红的，因为天干，吃得太坏，角膜炎，与水无关。胖自然也没胖起来。老鲁挑水都上山。也并没有哪个告诉他肚子眼睛的事，他往两处看了看，说底下那个水"要不得"。这全校三百多人连吃带用的水挑起来也够瞧的。老鲁天一模糊亮就起来，来来回回不停地挑。有时来不及，则一担四桶，前两桶后两桶。水挑回来，还得劈柴。然后一个人关在茶炉间里烧。自此我们之中竟有人买了茶叶，颇讲究起来了。因为水实在太方便，一天来送好些回。

有人就穷过瘾了：昆明气候好，秋来无一点萧瑟严厉感觉，只稍为尝出百物似乎较为老熟深沉，（仍保留许多青春，不缺天真。）早晚岚雾重些，半夜读书写字时须多加一件衣裳。白天太阳照着，温暖平和，全像一个稍为删改过一番的春天。波斯菊依然未开尽，花小了点，绮丽如旧。美人蕉结了不少籽，而远看猩红一片，连籽儿也如花开。课余饭后在屋前小草坪上，各人搬张椅子，又聊开了。饭能像一顿饭那样的开出，有一件绒线衫在箱子里，还容许我们对未来做一点梦。我听过不止一个人说起过：一太平了，有个家，啊，要好好布置安排一下。让老吴，看门住在前院，管看门，管洒扫应付，出去时留下话，谁来找让他在客厅里等等，漆盒子里有铁观音，香烟在书桌左边抽屉里。老鲁呢，则住在后头小园子里最合适。当真再往下想：老吴要稍为懒一点才好，他得完全依他本性来，尽可借故到天桥落子馆坐坐，有事推给别人做。现在明明是过分"巴结"，不好。他应当有机会在主人工作的藤椅中坐坐，倒一杯好茶喝喝，开开抽屉取三四根烟。而让他去买东西，也必须跟铺子里要一个折扣才对。老鲁大概会把左右邻居的水都包下来。还给对面卖柿子的老太婆挑，有衣服可以让她补补。唔，老鲁多半还要回家种两年地，到田里粮食为蝗虫啃光了或大水冲完时，又会坐在老吴门房里等主人回来的。自己想想，不免笑笑。觉得这告诉不得人。这是"落伍思想"，多少民族人类大事不思索，倒看到自己的暮年了，才二十几岁的人哩。而且或许引起人的剧烈批评，说这是布尔乔亚或甚么的。其实呢，想起来虽用第一人称，倒不失为客观，并无把老吴老鲁供自己役使之意。何必如此严重，想想好玩而已。你看老鲁刚刚冲了茶，茶正在你手里热热的。而老吴夹了一卷今天的报纸来了，另一个手上是两封远地来的信。有人叫住他们俩，把这个好玩意思问他们，一个是"好唉，好唉，"一个"那敢情好，"都笑着走开了。我不知道人那么一问他们喜欢不喜欢。这两个四五十岁的人会不会因此而能靠得紧些，有一种微妙关系结在他们心上呢？我有时傻气得很，活在世界上恐怕不要这种东西。不过傻气的人也有。自老吴老鲁一来，学校俨然分为两派，一派拥护老吴，一派拥护老鲁。有时为他们的优劣（其实不好说优劣，优劣只能用在钢笔手表热水壶上！）竟辩论过。我很高兴，我愿意他们喜欢老鲁的人都喜欢老鲁了。至于别的人，我认为他们是根本无可不可，或完全由自己利害观点出发的，可以不予考虑。对于老鲁，有些人的感情可以说是"疼爱"。这好像有点近于滑稽了。可不！原是可笑的。哎，我问你，你是不是一个一点都不可笑的人？我们且问问：

"老鲁，你累不累？"

"累甚么，我的精神是顶年幼儿的来。"

这个"顶年幼儿的"，好新鲜的词儿！我们起初简直不懂，一个山东同学（应说"同事"才对，可是我讨厌这个称呼，）含笑，他是懂的。老鲁说的对。老鲁并不高大。——人太高大一则容易令人叹惜，糟蹋了材料；再，要不就是显得巍巍乎，不可亲近，不近人情。可是老鲁非常紧凑，非常经济。老鲁全身没有一块是因为要好看而练出来的肉。处处有来历，这是挑出来的，这是走出来的，这是为了加快血液循环，喘了气而涨出来的，这是吃苦吃出来的。而且，老鲁有一双微微向外的八字脚！这脚不是特别粗大肥厚，反正，倒是瘦瘦长长且薄薄的，老鲁是从有结晶的沙土里长出来的。一棵枣树，或，或甚么呢，想不起来了，就是一棵枣树吧，得。还要往下说么，说他倔强地生根，风里吹，雨里打，严霜重露，荒旱大竭，困厄灾难，……那就贫气了，这你不知道！老鲁他倒是晒太阳喝水，该愁就愁，该喜就喜地活了下来。

老鲁十几岁即离家出来吃粮当兵。有一天，学校让我进城买米，我让老鲁一块儿去。老鲁挟了两个麻布口袋，活活泼泼的这抄一把那掏一撮地看来看去。跟一个掌柜的论了半天价，"不卖？好，不卖咱们走下家。"一会儿又回到原来铺子，偏着身子，（像是准备不成立刻就走）扬了头，（掌柜的高高地爬在米垛子上，）"哎，胡子！卖不卖，就是那个数，二八，卖，咱就量来！"显然掌柜的极中意这个称呼，他有一嘴乌匝青密的牙刷胡子，他乐了乐，当真就卖了！太阳照得亮亮的，这两个人是一幅画。诸位，我这完全是题外之言。我是忘不了那天的情形。真要说的是那天进城的另外一件事。就是那天，我们在进城的马车上，马车（可没有南京上海或美国电影上的那么美）上是庄稼人，保长，小菜棚的老板娘进城办芝麻糖葵花子，还有两个穿军装的小伙子。这两个小伙子，我想是机械士或师长勤务兵之类，一个手上一只不走的表，另一个左边犬齿镶了金包嵌绿桃子，他们谈他们的，无缘无故地大起声音来，"我们哪里没去过，甚么'交通工具'没坐过！飞机火车坦克车；法国大菜，钢丝床！"老鲁不说话，抽他的烟。等他们下了马车，端着肩膀走了，老鲁说，"两个烧包子！"好！这简直是老鲁说的话。老鲁十几岁就当兵了。提起这个，令人惆怅：老是跟老鲁说，"老鲁，甚么时候你来，弄点酒，谈谈你自己的事我们听听。"老鲁则说："有甚么可谈的，作孽受苦就是了。好唉，哪天。今天不行，事多。"老说，老说，终没有个机会。

我们就知道一点点。老鲁在张宗昌手下当过兵。"铳子队，"他说。"童子队？"有人不懂。"铳子队！喉，不懂，铳子队就是马弁。"有人懂。"马弁，噢，马弁。"都懂了。"铳子队，都挑些个年轻漂亮小伙子，才出头二十岁！"老鲁说。大家微笑。笑现在，也笑从前。大家自然相信老鲁曾是个年轻漂亮小伙子，盒子炮，两尺长鹅黄丝穗子！老鲁他不悲哀，仿佛那个铳子队是他弟弟似的看他自己。他说了一点大帅的事，也不妨说是他自己的事吧："大帅烧窑子。北京，大帅走进胡同，一个最红的姐儿，窑姐儿叼了支烟，（老鲁摆了个架势，跷起二郎腿，抬眉细目，眼角迤斜，）让大帅点火。大帅说，'俺是个土包子，俺不会点火。'曬呵，窑姐儿慌了，跪下咧，问你这位，是甚么官衔。大帅说'俺是山东梗，梗，梗！'（老鲁跷起大拇指，圆睁两眼，嘴微张开半天。从他神情中，我们知道'梗，梗，梗！'是一种甚么东西。这个字实在不知道怎么写。大帅的同乡们，你们贵处有此说法么？）窑姐儿说是你老开恩带我走吧，大帅说，'好唉！'（大帅也说'好唉'？）真凄惨，（老鲁用了一个形容词。）烧！大帅有令，十四岁以下，出来。十四岁过了的，一个不许走，烧！一烧烧了三条街，都烧死咧。"——老鲁叙述方式有点特别。你也许不大弄得清白。可不是，我也不知道大帅为甚么要烧窑子。我们就大概晓得那么一回事就是了。当然，老鲁也是点火烧的一个了。他是铳子队嘛。另外我们还知道一点老鲁吃过的东西。其一是猪食。军队到了一个地方，甚么都没有了，饿了好几天了，老百姓不见影子，粮食没有一粒。老鲁一看，咳！有个猪圈，猪是早没有了，猪食盆在呐，没办法，用手捧了一把。嘻，"还有两片儿整个包谷一剖俩的呢，怪好吃！"老鲁说这比羊肉好吃多了。"比羊肉好吃？"有人奇怪，唉，甚么羊肉，白煮羊肉。"也是，老百姓都逃了，拖了一只羊，杀倒了，架上火烊烂了：没盐！"没盐的羊肉，你没有吃过，你就无法知道多么难吃。何况又是瘪了多少日子的肚子。啧啧，老鲁吃过棉花。那年，（他都说得有时间有地方的，我都忘了。）败了，一阵一阵地退。饿的太凶了，都走不动，一步一步拖，有的，老鲁说，"像个空口袋似的就颓下去了。"昏昏糊糊的，"队伍像一根烂草绳穿了一绳子烂草鞋，一队鬼。"实在饿狠了。老鲁他不觉得那是他自己。可是得走呀，在那个一眼看不到一棵矮树、一块石头的大平地上走。浑身没有一丝力气，光眼皮那还有点儿劲，不撑住，就耷拉下来了。老鲁看见前头一个人的衣服破了一块，白白的棉花绽出来，"吃棉花！前后肚皮都贴上了，"老鲁的脸上黑了一黑，"棉花啊，也就是填到肚里，有点儿东西。吃下去甚么样儿，拉出来还是个甚么样儿！"这，我们知道，纤维是不大溶解的。可是真没想到这点儿知识用到这上头来。这种事情于我们，还是不大"习惯"。生命到耗到最后一点点，居然又能回来。这教你想起小时候吹灯，眼看快灭了，松了口气，它又旺起来了，由青转红，马上就雪亮了。此极不可思议。且说这些经验于老鲁本身是甚么意义呢？噫，这问题不大"普通"，我们且不必管他。然而，老鲁不经过这些事仍无损其为一个老鲁？老鲁呢，他是希望能够安安稳稳地过一辈子。

老鲁这一辈子"下来"过好几次。他在上海南京都住过。下来时，大概都有了点钱。他说在上海曾有过两间房子，想来还开了个小铺子的。南京他弄过一个磨坊。这是抗战以前的事。一打仗，他撩下就跑了。临走时磨坊里还有一百六十多担麦子。离开南京，他身上还有点钱，钱慢慢花完了，"又干上咧"。老鲁是"活过来的"了。他不大怀念那个过去。只有一次，我见他颇为惘然的样子。黄昏的时候，在那个茶棚前，一队驮马过去。赶马的是个小姑娘，呵斥一声，十头八匹马一起撒开步子，背上一个小木鞍桥郭嗒郭嗒敲着马脊背直响。老鲁细着眼睛，目送过去，兀立良久。他舌尖顶着牙龈肉打了个滚儿。但在他脱下军帽，抓一抓光头时，他已经笑了："南京城外赶驴子的，都是十七八岁大姑娘，一根小鞭子，哈哧哈哧，不打站，不歇力，一劲儿三四十里地，一串几十个，光着脚巴丫子，戴得一头的花！"这么一来，那一百六十担麦子不能折磨他了。老鲁在他的形容中似乎得到一点快乐。"戴得一头的花"，他说得真好。

可是话说回来了，一百六十担麦子是一百六十担麦子呀，不是别的。一百六十担麦子比起一斗四升豆子，就显得更多了。也难怪老鲁要提起好多次。老鲁爱的是钱。他那么挑水，也一半为钱。"公家用的"水挑完了之后还给几个有家眷自己起火的，有孩子，衣服多，不能给人洗的，挑私用的水。多少可以得一点钱。有人问老鲁，"你要钱干甚么？"意思是"你这么样活了大半辈子，还对这个东

032

西认识不清楚么？"有人且告诉他几个故事。某人某人，赤手起家，弄了三部卡车，来回跑缅甸仰光，几千万的家私，一炮也就完了。护国路有所大洋楼，黄铜窗槛绿绒帘子，颤呀颤的沙发椅子，住了一个"扁担"。这扁担挑了二十年，忽然时来运转发了一笔横财，钱是有了，可是人过得极无意思。到了大场面，大家因他是财主，另眼看待，可是他刘姥姥进大观园，手足无措，一身不自在。就是自己家里白瓷澡盆都光滑冰冷用着不惯。从前的车站码头上一块儿吃猪耳朵、焖小肠的朋友又没哪个敢来攀附他，实在孤独寞寂，整天摸他的大手。再说，三十年，一个马车夫得了法，房子盖得半条弄，又怎么呢，儿子整天为了一块瓦片吵架，一家子鸡犬不宁。老鲁说不是这么说。"眼珠子是黑的，洋钱是白的。我家里挣下的几亩田，一定教叔叔舅舅占了卖了。我回去，我老娘不介意，欢欢喜喜的'啊，我儿子回来了！'我就是光着屁股也不要紧。别人，我回来吃甚么？"是的。于是老鲁要攒钱，找钱。到我们这里来，第一着是买了一斗四升豆子。老鲁这回下来时本有几个钱，约十万多一点。（我们那学期的薪水一月二万五。）他一来的确做了不少次主人，请老校警喝酒的。连吃带用，又为一个朋友花了四万元。那个朋友队伍上下来，带了一支枪，想卖，路上让人查到了，关起来，老鲁得为他花钱。剩下那点钱，他就买了豆子了。他这大概是世界上规模最小的囤积了。他想等着起价，不想甚么都涨，豆子直跌！没法，卖给拉马车的。自己常常看见那匹瘦骨

033

嶙峋的白马，掀动大嘴咯嘣咯嘣地嚼他的豆子。可真气人，一脱手，价钱就俏起来了。

据我们所知，老鲁后来又把他攒积下来的一点钱"运用"过两次。那是在搬了家以后了，且说我们搬了家。从观音寺搬到白马庙。我是跟老鲁一车子去的。车子，马车。老鲁早已经到那边看过，远远就指给我们看，"那边，树郁郁的，唉，是了，旁边有个红红的大房子的。"他好像极欢喜，极兴奋。原因大半是那边"有一口大井，就在开水炉子旁边。"昆明的冬天也一点都不冷。老鲁那天可穿得整整齐齐。不知谁送了他一件旧青呢制服，想还是中学时候的东西，老鲁教洗衣老太婆翻了翻，和新的一样。就是小了点。自搬到那边，我住到另一地方，许多事都不大清楚了。过年了（自然是阴历），一清早到学校看看，学校各处打扫得干干净净。房子算是洋房了，台阶上还有几盆花。老吴门上贴了副春联：

一夜连双岁
五更分二年

是他自己手笔。我猛然想起从前在家里吃的莲子羹来。而老鲁来了，"汪先生来了！"给我作了个揖算拜年。我想起，掏了一千块钱给他。一会儿老吴也来了，我听说他现在地位高了，介乎工役与职员之间了，刚刚见面已打了个招呼，怎么……老吴穿校长送他的咖啡色西服。我没等他表示甚么，又掏出一千，说"我昨天赢了钱，你打酒喝。"我心里一算，一共三千，留一千我自己，刚好！其时我身边有个人望着我笑。本说我请客看电影的，现在只有让她请我，一千元留着买一包吉士斐儿。——自此，老吴以"大总管"自居，常衔了个旧烟斗，各处看来看去。有时在办公室门口大叫"老——鲁！""耳朵上哪去了！""要关照多少次？"老鲁对老吴说得上是恨，除了老吴暴病死了，他才会忘记，且会拿出一点钱为他花一花的吧。而且有一个姓胡的校警写了封信给校长，说"东西是新的好，人是旧的好"，也回来了。胡，二十几岁，派头很新，全是个学生样子，多少事情都由他办了。老鲁就显得更不重要。老鲁似乎很不快乐。——老鲁是因此而不快乐？我知道的，老鲁有一笔钱"陷住了"。老鲁攒积攒积也有卯二十万样子。这钱为一个事务员借去，合资托一个朋友买了谷子。事情不知怎么弄的，久久未有下文。常见老鲁在他的茶炉间独自吃饭，——这时他离群索居，校警之中只一个老刘还有时带了条大狗到他屋子玩玩，来跟他一处吃饭，老鲁是几乎顿顿喝酒。"吃了，喝了，都在我肚子里，谁也别想。"意思是有谁想他的钱似的。我还是不懂，老鲁哪里来的牢骚呢，这样一个人？后来且见他一来就一盘二三十个包子请客，请厨子，请一个女教员所雇女工。我想，这可不得了，老鲁这个花法！渐渐知道，喝，老鲁做了老板了。这包子是学校旁边一个小铺子来的，铺子有老鲁十几万股本。果然，老鲁常蹲在包子铺门前抽他的烟筒，呼噜呼噜。他拿那个新烟筒向我照了照：

"我买了个高射炮！"

佛笃——吹着纸媒儿，抽了一袋，非常满意的样子。

"到云南来，有钱的没钱的，带两样东西回去。有钱的，带斗鸡。云南出斗鸡。没钱，带个水筒，——高射炮！"

我挪过一张小凳子，靠门坐下来。门前是一道河，河里汤汤流水，水上点点萍叶，一群小鸭子叱叱咤咤向东，而忽而折向南边水草丛中。呵，鸭子不能叫小鸭子了，颜色早已都黑了。一排尤加利树直直地伸上去。叶子从各个方向承受风吹，清脆有金石声。上头是云南特有的蓝天，圆圆地覆下来。牛哞，哪里有春臼声音。八年了，我来到云南。胜利了也快十个月。一起吃灰藋菜豆壳虫的都差不多离去了。啊——契诃夫主张每一篇小说都该把开头与结尾砍去，有道理！（幸好我这不是小说。）我起来，捡了块石头奋力一掷，看它跌在水里。

现在，我离开云南将二个月了，好快！

载一九四七年第三卷第二期《文艺复兴》

落　魄

　　他为甚么要到"内地"来？不大可解，也没有人问过他。自然，你现在要是问我为甚么大远地跑到昆明过那么几年，我也答不上来。从前很说过一番大道理，经过一个时间，知道半是虚妄，不过就是那么股子冲动，年纪轻，总希望向远处跑；而且也是事实，我要读书，学校都往里搬了；大势所趋顺着潮流一带，就把我带过了千山万水。总是偶然，我不强说我的行为是我的思想决定的。实在我那时也说不上有甚么思想。——我并没有说现在就有。这个人呢？似乎他的身边不会有甚么偶然，那个潮流不大可能波及到他。我很知道，我们那一带，就是像我这样的年纪也多还是安土重迁的。在家千日好，出外一时难，小时候我们听老人诚说行旅的艰险绝不少于"万恶的社会"的时候。他近四十边上的人了，又是"做店"的。做店人跑上五七个县份照例就是了不起的老江湖，关于各地茶馆、浴室、窑姐儿、镇水铜牛、大火烧了的庙，就够他们向人聊一辈子；这种人见过世面，已经有资格称为百事通，为人出意见，拿主意，凡事皆有他一份，社会地位极高，再也不必跑到左不过是那样的生疏地方去。他还当真走上好几千里甚么？好马不吃窝边草，憋了甚么气，要到个亲旧耳目不及的地方来创一番事业，等将来衣锦荣归，好向家里妻子说一声"我总算对得起你们"么？看他不像是那种咬牙发狠的人，他走路说话全表示他是个慢性子，是女人们称之为"三棍子打不出个闷屁来"角色。再说，又何必用这么远，千里之内尽可以做个跨海征东薛仁贵，楚国为官的秋胡了。也许是他受了危言耸听的宣传，觉得日本人一来，可怕到不可想象的程度，或者是他遭了甚么大不幸或难为情事情，本土存身不得，恰好有个亲戚到内地来做事，需要个能写字算账的身边人，机缘凑巧，无路可走之中他勃然打定了主意来"玩玩"了？也只是"也许"。——反正，他就是来了，而且做了完全另外一种人。

到我们认识他时，他开了个小吃食铺子，在我们学校附近。

初时，大家还带得三个月至半年的用度，而且不时还可接到汇款，生活标准比在家时低不太多，稍有借口，或谁过生日，或失物复得，或接到一封字迹娟秀的信，或没有理由，大家"通过"一下，即可有人做东请客。在某个限度内还可挑一挑地方。有人说，开了个扬州馆子，那就怎么样也得巧立名目地去吃他一顿。

学校附近还像从前学校附近一样，开了许多小馆子。开馆子的多是外乡人。湖南的、江西的、山东的、河北的，一种同在天涯之感把老板伙计跟学生接连起来，而且他们本来直接间接的就与学校有相当关系，学生吃饭，老板伙计就坐在旁边谈天说地；而学生也喜欢到锅灶旁边站着，一边听新闻故事，一边欣赏炒菜艺术。——这位扬州人老板，一看即与别人不同，他穿了一身铁机纺绸褂裤在那儿炒菜！盘花纽子，纽绊里拖出一段银表链。雪白的细麻纱袜，一双浅口千层底直贡呢鞋。细细软软的头发向后梳得一丝不乱。左手无名指上还套了个韭叶指环。这一切在他周身那股子斯文劲儿上配合得恰到好处。除了他那点流利合拍的翻锅子动铲子的手法，他无处像个大师傅，像个吃这一行饭的。这比他的鸡丝雪里蕻，炒假螃蟹，过油肉更令我们发生兴趣。这个馆子不大，除了他自己，只用了个本地孩子招呼客座，摆筷子倒茶。可是收拾得干干净净，木架子上还搁了两盆花。就是足球队员，跳高选手来，看了墙上菜单上那一笔成亲王体的字，也不便太嚣张放肆了。

有时，过了热市，吃饭的只有几个人，菜都上了桌，他洗洗手，会捧了把细瓷茶壶出来，客气两句，"菜炒得不好，这里的酱油不行"，"黄芽菜教孩子切坏了，谁教他切的！——红烧才能横切，炒，要切直丝的"有时也谈谈时事，说点故乡消息，问问这里的名胜特产，声音低缓而有感情。我们已经喜欢去坐茶馆了，有时在茶馆也可以碰到他，独自看一张报纸或支颐眺望街上行人。他还给我们付了几回茶钱，请我们抽烟。他抽烟也是那么慢慢地，一口一口地吸，仿佛有无穷滋味。有时事完了，不喝茶，他去溜达，两手反背在后面，一种说不出悠徐闲散。出门稍远，则穿了灰色熟罗长衫，还带了把湘妃竹折扇。想见从前他一定喜欢养养鸟，听听书，常上富春坐坐的。他自己说原在辕门桥一个大绸缎庄做事，看样子极像。然而怎么到这儿来开一个小饭馆的呢？这当中必有一段故事，他不往下说，我们也不好究问。

馆子菜甚么菜都是一个滋味，家家一样，只有他那儿虽然品色不多，却莫不精致有特色。或偶尔兴发，还可以跟他商量商量，请他表演几个地道扬州菜，狮子头、芙蓉鲫鱼、叉子烧鸭，他必不惜工本，做得跟家里请客一样，有几个菜据说在扬州本地都很少有人做得好。这位绸缎店"同事"大概平日在家极讲究吃食，学会了烹调，想不到自己竟改行做了饭师傅。这不免是降低了一级，我们去吃饭，总似乎有点歉意。也许他看得比较高一层，所以态度上从未使我们不安。他自己好像已不顶在乎了。生意好，有钱挣，也还高高兴兴的。果然半年下来，店门关了几天，贴出了条子：修理炉灶，休业数天。

新万年红朱笺招纸贴出来，一早上就川流不息地坐满了人。老板听从有人的建议，请了个南京师傅来做包子煮面，带卖早晚市了。我一去，学着扬州话，跟他道一声：

"恭喜恭喜。"

恭喜他扩充营业，同时我已经看到后面小天井里一个女人坐着拣菜，发髻上一朵双喜绒花。老板拱拱手：

"托福托福，闹着玩的。"

女人不知是谁给说的媒，好像是这条街上一个烟鬼的女儿，时常也看她蓬着头出来买香油腌菜蚊烟香，脸色黄巴巴的，样子平平常常。可是因为年纪还不顶大，拢光了头发，搽了雪花膏，还敷了点胭脂，就像是完全换了一个人，以前没的好处全露了出来。老板看样子很喜欢，不时回头，走过去低低说几句话，让她偏了头，为拈去一片草屑尘丝，他那个手势就比一首情诗还值得一看。老板自己自然也年轻了不少，或者不如说一般人都不免，而实际上一个才四十的人不应便有的老态全借了一个年轻的身体而冲失了。要到这样的年龄大概才真知道如何爱惜女人。

灶下，那个南京师傅集中精神在做包子。他仿佛想把他的热心变成包子的滋味，摘蒂子，刮馅心，那么捏几下，一收嘴子，全按板中节，如一个熟练的舞蹈家或魔术师的手脚。今天是第一天。他忙，没甚么工夫想甚么，就这个"第一天"一定在他脑子里闪了好多次。这三个字包含的感情很多，他自己一时也分辨不清，大体上都结成了一团希望，就像那个蒸笼冒出来的一阵一阵子的热气。听他拍打着包子皮，声音钝钝的，手掌一定很厚！他脑袋剃得光光的，后脑勺子挤成了三四叠，一用力，直扭动。他一身老蓝布衣裤，腰里一条洋面口袋改成的围裙。从上到下，无一处不像一个当行面食店师傅，跟扬州人老板相互映照，很有趣味。

然而不知甚么道理，那一顿早点没有留给我甚么印象。等的时候太长，而吃的时候太短。我自己也不好，不爱吃猪肝，为甚么叫了碗猪肝面加菠菜西红柿！面是"机器面"，没有办法，生意太好，擀面来不及。——是谁给他题了那么几个艺术字？三个月之后这几个字一定浸透了油气的，活该！

不久滇越铁路断了，各处"转进"的战事使好多人的故乡随"我的家在东北松花江上"的伤感老歌一齐失去。Cynical 的习气普遍地增高，而洗衣的钱付得少了，因为旧了破了，破旧的衣服就去卖了。渺乎其远的希望造成许多浪子。有些人对书本有兴趣，抱残守拙，显得极其孤高。希望既远，他们可看到比希望还远的地方。因为形状褴褛，倒更刺激他们精神的高贵，以作为一种补偿。这是一种斗争，沉默而坚持，在日常的委屈悲愤的世俗感情的摆落中要引接山头地底水泉来灌溉一颗心的滋长，是困苦的。有些失了节，向现实投了降，做起生意起来了，由微渐著，虽无大手笔，但以玩票姿态转而下海，不失为一个"名家"局面。后一种人数目极少。正因为少，故在校中行动常一望而可指出。这才是一个开始，唯足以启发往后的不正常。本来战争的另一名词即不正常。这点不正常就直接影响绿杨饭店的营业。——现在。绿杨饭店已经为人耳熟，代替原来的"扬州人"。在它开张了，又扩充了时候，绿杨饭店是一个名词。一个名词仿佛可有可无的。而现在绿杨饭店成了一个实体，店的一切与它的招牌分不开了。

第一，扬州人已经不能代表一个店了；而且这个饭店已经非常地像一个饭店，有时简直还过了分！

那个南京人，第一天，我从他的后脑勺子上即看出这是属于那种会堆砌"成功"的人。他实事求是，稳扎稳打，抓紧机会，他知道钱是好的，活下来多不容易，举手投足都要代价。为了那个代价，所以他肯努力。他一早晨冲寒冒露赶到小南门去买肉，因为每斤便宜多少钱；为了搬运两袋面粉，他可以跟挑夫说许多好话或骂许多难听话；他一边下面，一边瞟着门前过去的几驮子柴；他拣去一片发黄的菜叶子，拾起来又放到砧板上；他到别家铺子门前逛两转，看他们的包子蒸出来是甚么样儿，回来马上决定明天他自己的包子还可以掺点豆芽菜，而且放点豆腐干也是个可试的办法。……他的床是睡觉的，他的碗是吃饭的，他不幻想，不喜欢花，不上茶馆喝茶，而且老打狗，因为虽然他的肉在梁上他还是担心狗吃了。没有多少时候绿杨饭店即充满了他的"作风"。——我得声明虽然我感情上也许是另一回事儿，可是我没有公开地表示反对这样的作风的意思。而且四方东西南北中（我们那儿都是这么说，自然也对，"中"不是一个方向），南京人只是偏于那一方，不是像俾斯麦或希特勒那样绝对的人。这里只说他的一般上的特殊，向反的较强的一面，不单是作风，也因为从作风的改变上，你知道这个店的主权也变了。过了一个时候，不问可知，已经是合股开的。南京人攒了钱，红利工钱，再加上一点积蓄，也许还拉了点债，入了股。我可以跟你打赌，他在才有人来提生意时即已想到这一步。

南京人明白他们这个店应当为甚么人而开，声气相求，果然同学之中那个少数很快即为吸取进来，作为经常主顾。他们人数不多，但塞满这个小饭店却有余。而且他们周围照例有许多近乎谢希大、应伯爵之人者流，有时还会等不着座儿。这时他们也并未"发迹"，不过手底下比较活动，他们的"社会"中，"同学"仍占一个重要位置，这里便成为他们"联络感情"所在，常在来吃一碗猪肝面的教授面前摆了一桌子菜哄饮大嚼起来，有的，在这里包了月饭，虽然吃一顿不吃一顿。——另一种同学，因为尚有衣物可卖，卖得钱，大都一天花光，豪爽脾气未改（这也是一种抗卫），也常三五个七八个一摊上街去吃喝一顿。有时他们在这里，有时到别处去。有时他们到别处去；有时还在这里。有些本来常在这里的不常在这里了。

绿杨饭店的生意好了一阵儿，好得足以使这一带所有的吃食铺子全都受了影响，而且也一齐对它非常关心。别以为他们都希望"绿杨"的生意坏，他们知道"绿杨"的生意要是坏，他们自己的也好不了。他们的命运既相妨，又相共。然而过了一个高潮，绿杨饭店眼看着豆芽菜豆腐干越掺得多，卖出去的包子就越少。"学校附近的包子"在壁报文章中成了一个新奇比喻，到后来而且这个比喻也毫不新奇了。绿杨饭店在将要为人忘记的那条路上走。——时间也下来两年了，好快！这时有钱活动的就活动得更远。有的还在这个城里，有的到了外县，甚至出了国，到仰光，到加尔各答，有的还选了几门课，有的干脆休了学，离开书本，离开学校，离开同学，也离开了绿杨饭店。大部分穷的，可卖衣物更少了，已经有人经验到饥饿时的心理活动。这也是一种活动，且正如那种活动到仰光加尔各答的人一样，留下许多痕迹在脸上，造成他们的哲学。绿杨饭店犹如一面镜子，扬州人南京人也如一面镜子。镜子里是风干的猪肝，暗淡的菠菜，不熟的或烂的西红柿，太阳如一匹布，阳光中游尘扬舞。江西人的山东人的湖南河北人的新闻故事与好兴致全在猪肝菠菜西红柿前失了颜色。悄悄的，他们把这段日子撕下来，风流云散，不知所终。

那个女人的脸又黄下来，头发又乱了，而且像是没有光亮过，没有红过白过。有一次街上开来了一队兵，马上就找到他们要徘徊逗留的地方，向绿杨饭店他们可没有多瞟几眼。多可惜，扬州人那个值得一看的动人手势！——这时候我才想起他家里有太太没有？有孩子没有？

绿杨饭店还是开着。

这当中我因病休了学，病好了住在乡下一个朋友主持的学校里，帮他们教几个钟点课，就很少进城来。绿杨饭店的情形可以说不知道。一年之中只去了一次。一位小姐病了，我们去看她。有人从黑土洼带了一大把玉簪花来，看着把花插好了，她笑了笑，说是"如果再有一盘椒盐白煮鱼，我这个病就生得很像样子了。"从前的生病也是从前的谈天题目之一。她说过她从前生了病都吃白煮鱼，于是去跟扬州人老板商量，看能不能给我们像从前一样地配几个菜。他的回答很慢，但当那个交涉代表说"要是费事，不方便，那就算了"，却立刻决定了，问"甚么时候？"

南京人呢，不表示态度。出来，我半天没有话。朋友问是怎么回事，没有甚么，我在想那个饭店。

那天真是怪，南京人一声不响，不动手，摸摸这，掇掇那。女人在灶下烧火。扬州人的头发白了几根。他似乎不复那么潇洒似乎颇像做这样的事情的一个人了。不仅是他的纺绸衣裤，好鞋袜，戒指，表链没有了；从他放作料，施油盐，用铲子抄起将好的菜来尝尝味，菜好了敲敲锅子，用抹布（好脏）擦擦盘子，刷锅水往泔水缸里一倒，扶着锅台的架势，偶尔回头向我们看一看的眼睛，用火钳夹起一片木柴吸烟（扯歪了脸），小指搔搔发痒的眉毛，鼻子吸一吸吐出一口痰，……一切，全都变了。菜做完了，往我们桌边拉出一张凳子（接过腿的）上一坐，第一句即是：

"甚么都贵了，生意真不好做。"

这句话教南京人回过头来，向着我们这边。南京人是一点儿也没有走样！他那个扁扁的大鼻子教我想起我们前天应当跟他商量才对。我觉得出他们一定吵了一架。不一定是为我们的一顿饭而吵，希望不是因为我们而吵的。而且从扬州人脸上的皱纹阴影上看，开始吵架已经是颇久的事。照例大概是南京人嘀咕，扬州人不响。可能先是那个女人跟南京人为一点小事儿拌嘴，于是牵扯起一大堆，一直扯到这一次的不痛快跟前次的连接起来，追溯到很远，还有余不尽，种下下次相争的因子。事情很明显，南京人现在股本比扬州人只有多，绝不少，而且扬州人两口子穿吃开销，他们之间没有甚么会计制度，就是那么一篇糊涂账。他们为甚么不拆伙呢？隔了年的浆子，粘不起来，那就算了。可是不，看样子他们且要糊下去。从扬州人的衰颓萎败上看起来，我疑心他是不是有时也抽口把鸦片烟。唔，要是当真，那可！——我曾问过坐在我对面的同学：

"你是不是有把握绝对不会抽鸦片，假如有人说抽，或者你死？"回答是：

"倒不是死。有许多东西比死更厉害。你要是信教，那就是魔鬼；或是不绝的'偶然'。"我看看南京人的粗粗短短的手指，（果然，好厚的手掌！）忽然很同情他，似乎他的后脑勺子没有堆得更高全是扬州人的责任。

到我复学时，一切全有点儿变动。或者不是变动，是层叠，深入，牢著，是不变。甚么都有一种随遇而安的样子。图书馆指定参考书不够，可是要多少本才够呢？于是就够了。一间屋子住四十人太多，然而多少人住一屋或每人该有几间屋最合理？一个人每天需要多少时候的孤独？简直连问也没有人问。生物系的新生都得抄一个表，人正常消耗是多少卡路里，而他们没有想到他自己也是一个实验对象；倒对一个教授研究出苗人常吃的刺梨和"云南橄榄"所含维他命工作极有兴趣。土产最烈的酒是五十三度，最坏的烟（烧完了灰都是黑的）叫鹦鹉牌。学校附近的荒货摊上你常看见一男一女在那里讲价，所卖是女的一件曾经极时髦的衣服，反正那件衣服漂亮到她现在绝对无法穿出来了。而路边种的那些树都已长得很高，在月光中布下黑影，如梦如水。整个一个学校，一年中难得有几个人哭，也绝不会有人自杀。……而绿杨饭店已经搬了家，在学校门边搭一个永远像明天就会拆去的草棚子卖包子，卖猪肝面。（我已经对我的文章失去兴趣，平淡得教我直想故作惊人之笔而惊人不起来！这饭店，这扬州人与我有什么关系呢？）

一句话就说尽这个饭店了：毫无转机。没有人问它如何还能开下来，因为多少人怎么活下来就无从想象。当然，这时候完全是南京人在那儿撑持。但客观条件超出他所有经验。武松拿了打折了的半截哨棒，只好丢了，他也无计可施。然而他若是丢了这个坑人的绿杨饭店他只有死！他似乎有点自暴自弃起来，时常看他弄了一土碗市酒，闷闷地喝（他的络腮胡子乌猛猛的），忽然拳头一擂桌子，大骂起来，也不知道骂谁才是。若是扬州人跟他一样的壮，他也许会跳上去，冲他鼻子就是一拳。然而扬州人一股子窝囊样子，折垂了脖子，木然看着哄在一块骨头上的苍蝇。这样子更让南京人生气，一股子邪火从脚底心直升上来。扬州人身体简直越来越不行了，背佝偻得厉害。他的嘴角老挂着一点儿，嘴唇老开着一点儿。最多的动作是用左手捋着右臂衣袖，上下推移。又不是搔痒，不知道是干甚么！他的头发早就不梳好了，有时居然梳了梳，那就更糟，用水湿了梳的，毫无光泽，令人难过。有人来了，他机械地站起来，机械地走，用个黑透了的抹布，骗人似的抹抹桌子，抹完了往肩头上一搭：

"吃甚么？有包子，有面。有牛肉面，炸酱面，菠菜猪肝面。……"声音空洞而冷漠。客人的食欲就教他那个神气，那个声音压低了一半。你就看看那个荒凉污黑的架子，看到西红柿上的黑斑，你知道黑斑那一块煮也煮不烂的；看到一个大而无当的盘子里三两个鸡蛋，鸡蛋会散黄；你还会想起扬州人跟你解释过的，"鸡蛋散黄是蚊子叮的"，你想起孑孓在水里翻跟斗。吃甚么呢，你简直没有主意。你就随便说一个，牛肉面吧。扬州人掳着他的袖子：

"嗷，——牛肉面一碗——"

"牛肉早就没有了，要说多少次！"

"嗷，——牛肉没有了——"

"那么随便吧。猪肝面吧。"

"嗷，——猪肝面一碗——"

而那个女人呢，分明已经属于南京人了。仿佛这也没有甚么奇怪。连他们晚上还同时睡在那个棚子底下也都并不奇怪。这当中应当又有一段故事的，但你也顶好别去打听，压根儿你就无法懂得他们是怎么回事，除非你能是他们本人。

我已经知道，他们原来是表兄弟，而且南京人是扬州人的小舅子，这！……我不知道我应当学着去做一个小说家还是深幸自己不是。……

过了好多好多时候，"炮仗响了"。云南老百姓管胜利，战争结束叫"炮仗响"。他们不说胜利，不说战争结束，而说是"炮仗响"。炮仗响那天我一点儿都没有想到扬州人。一直到我要离开昆明的前一天，出去买东西，偶然到一个铺子里吃东西，坐下，一抬头，哎，那不是扬州人吗。再往里看，果然南京人也在那儿，做包子，一身蓝衣裤，面粉口袋围裙，工作得非常紧张，脑勺子直扭动，手掌敲着包子皮钝钝地响。他摘蒂子，刮馅心，那么捏几下，一放嘴子，全按板中节，仿佛想把他的热心也变成包子的滋味。他从上到下无一处不像个当行的面食店师傅。这个扬州人，你为甚么要到内地来？你是四十多岁的人了，你从前是做绸缎庄的，你要想回去向妻子儿女说一声"我总算对得起你们"？……然而仿佛他们全不成问题，成问题的倒是我！我教许多事情搅迷糊了。明天我要走了。车票在我口袋里，我不知道摸了多少次。我有个很不好的脾气，喜欢把口袋里随便甚么纸捏在手里搓，搓搓就扔掉了。我丢过修表的单子，洗衣服收据，照相凭条，防疫证书，人家写给我的通信地址。每丢了一张纸，我就丢了好多东西。我真怕我把车票也丢了。我有点儿神经衰弱。我有点儿难过，想吐，这会儿饿过了火，我实在甚么也不想吃。我蠢蠢地问 S 说：

"我们来了八年了？"而忽然问：

"哎，那罐火腿呢？"

S 敲敲火腿罐头。在桌子下捏住我的手：

"你怎么了，D？——吃甚么？"

我振作了一下：

"猪肝面加菠菜西红柿！"

扬州人放好筷子，坐在一张空着的桌子旁边的凳上。

他牙齿掉了不少，两颊好像老在吸气。而脸上又有点浮肿，一种暗淡的痴黄色。肩上一条抹布湿漉漉的。一件黑滋滋的汗衫，（还是麻纱的！）一条半长不短的裤子，像十二三岁的孩子穿的。衣裤上全有许多跳蚤血黑点。看他那个滑稽相的裤子，你想到他的肚皮一定一叠一叠地打了好多道褶子！最后我的眼睛就毫不客气地死盯住他的那双脚。一双自己削成的大木屐，简直是长方形的。好脏的脚，仿佛污泥已经透入多裂纹的皮肤。十个趾甲都是灰趾甲，左脚的大拇指极其不通地压在中趾底下，难看无比。对这个扬州人，我没有第二种感情，厌恶！我恨他，虽然没有理由。

去你的吧，这个人，和我这篇倒霉文章！

一九四七年六月

载一九四七年第七卷第五期《文讯》

鸡鸭名家

刚才那两个老人是谁?

父亲在洗刮鸭掌,每个蹼蹼都撑开细细看过,是不是还有一丝泥垢,一片没有刮尽的皮,样子就像是做着一件精巧的手工似的。两副鸭掌,白白净净,一只一只,妥妥停停的一排。四个鸭翅,也白白净净,一只一只,妥妥停停一排。看起来简直绝对想不到那是从一只鸭子身上取下来的,仿佛天生成这么一种好吃东西,就这样生的就可以吃了,入口且一定爽糯鲜甜无比,漂亮极了,可爱极了。我忍不住伸手用指头去捏捏弄弄,觉得非常舒服。鸭翅尤其是血色和匀丰满而肉感。就是那个教我拿着简直无法下手的鸭肫,父亲也把它处理得极美,他握在手里,掂了一掂,"真不小,足有六两重!"用他那把角柄小刀从栗紫色当中闪着钢蓝色的那儿一个微微凹处轻轻一划,一翻,蓝黄色鱼子状的东西绽出来了。"你说脏,脏甚么!一点都不!"是不脏,他弄得教我觉得不脏,我甚至没有觉得臭味。洗涮了几次,往鸭掌鸭翅之间一放,样子名贵极了,一个甚么珍奇的果品似的。我看他做这一切,用他的洁白的，熨帖的，然而男性的，有精力，果断，可靠的手做这一切，看得很感动。王羲之论钟张书，"张精熟过人，"又曰"须得书意转深，点画之间皆有意，自有言所不得尽其妙者，事事皆然。""精熟"，"有意"，说得真好。我追随他的每一动作，以心，以目，正如小时，看他作画。父亲一路来直称赞鸡鸭店那个伙计，说他拗折鸭掌鸭翅，准确极了，轻轻一来，毫不费事，毫不牵皮带肉，再三赞叹他得着了"诀窍"，所好者技，进乎道矣，相信父亲自己落到鸡鸭店做伙计，也一定能做到如此地步的！

这个地方鸡鸭多，鸡鸭店多，教门馆子多，一定有不少回回。回回多，当有来历，是一颇有兴趣问题，我们家乡信回教的极少，数得出来的，鸡鸭店则全城似只一家。小小一间铺面，干净而寂寞，经过时总为一种深刻印象所袭，一种说不出来的东西与别人家截然不同。铺子在我舅舅家附近，出一个深巷高坡，上了大街，拐角上第一家就是。主人相貌奇古，一个非常的大鼻子，真大！鼻子上一个洞，一个洞，通红通红，十分鲜艳，一个酒糟鼻子。我从那一个鼻子上认得了甚么叫酒糟鼻子。没有人告诉过我，我无师自通，一看见那个鼻子就知道了："酒糟鼻子！"日后我在别处看见了类似而远比不上的鼻子，我就想到那个店主人。刚才在鸡鸭店我又想到那个鼻子！从来没有去买过鸡鸭，不知那个鼻子有没有那样的手段？现在那个人，那爿店，那条斜阳古柳的巷子不知如何了。……

一串螃蟹在门后叽里咕噜吐着泡沫。

打气炉子呼呼地响。这个机械文明在这个小院落里也发出一种古代的声音，仿佛是《天工开物》甚至《考工记》上的玩意儿了。

一声鸡啼。一个金彩烂丽的大公鸡，一只很好看的鸡，在小天井里徘徊顾盼，高傲冷清，架上两盆菊花，一盆晓色，一盆懒梳妆。——大概多数人一定欣赏懒梳妆名目，但那不免过于雕琢着意，太贴附事实，远不比晓色之得其神理，不落形象，妙手偶得，可遇不可求。看过又画过这种花的就可以晓得，再没有比这更难捉摸的颜色了，差一点儿就完全不是那回事！天晓的颜色是甚么样子呢，可是一看到这种花凝凝建建，清新醒活的劲儿，你就觉得一点不错，这正是"晓色"！心中所有，笔下所无的两个字。

我们刚回来一会儿，买了鸭翅，鸭掌，鸭舌，鸭肫，八只蟹，青菜两棵，葱一小把，姜一块回来，我来看父亲，父亲整天请我吃，来了几天，吃了几天。昨天晚上隔了一层板壁，他睡在外面房间，我睡在里头，躺在床上商议明天不出去吃了，在家里自己做。不要多，菜只要两个，一个蟹，蒸一蒸，不费事，——喝酒；一个舌掌汤，放两个菜头烩一烩——吃饭。我父亲实在很会过日子，一个人在外头，一高兴就自己做饭，很会自得其乐！——那几只蟹买得好，在路上已经有两个人问过，好大蟹，甚么地方买的，多少钱一斤，很赞许的样子，一个老先生，一个女人，全都自然极了，亲切极了，可是我们一点儿也不认识，真有意思！大都市里恐怕很少这种情形了。

那两个老人是谁呢，父亲跟他们招呼的，在沙滩上？——

街上回来，行过沙滩。沙滩上有人分鸭子。三个，——后来又来了一个，四个，四个汉子站在一个大鸭圈里，在熙熙攘攘的鸭子里，一个一个，提起鸭脖子，看一看，分别丢在四边几个较小鸭圈里。看的甚么？——四个人都是短棉袄。有纽子扣得好好的，有的只披上，下面皆系青布鱼裙，这一带江边湖边，荡口桥头，依水而往，靠水吃水的人，卖鱼的、贩菱藕的，收鸡头茨实，经营芦柴茭草生意的，类多有这么一条青布裙子。昨天在渡口市滩看见有这种裙子在那儿卖，我说我想买一条，父亲笑笑。我要当真去买，人家不卖，以为我是开玩笑的。真想看一个人走来讨价还价，说好说歹，这一定是很值得一看的。然而过去又过来，那两条裙子竟是原样放着，似乎没有人抖开前前后后看过！这种裙子穿在身上，有甚么好处，甚么方便，有甚么感情洋溢出来呢？这与其说是一种特别装束，不如说是一种特别装束的遗制，其由来盖当相当古远，似乎为了一点纪念的深心！他们才那么爱好这条裙子，和头上那种瓦块毡帽。这么一打扮，就"像"了，所有的身份就都出来了。"我与我周旋久，宁作我，"生养于水的，必将在水边死亡，他们从不梦想离开水，到另一边去过另一种日子，他们简直自成一个族类，有他们不改的风教遗规。看的是鸭头，分别公鸭母鸭？母鸭下蛋，可能价钱卖得贵些？不对！鸭子上了市，多是卖给人吃，养老了下蛋的十只里没有一只。要单别公母，弄两个大圈就行了，把公的赶到一边，剩下不就全是母的了，无须这么麻烦。是公是母，一眼还不就看出来，得要那么捉起来放到眼前认一认么？那几个小圈里分明灰头绿头都有。——沙滩上悠悠宣宣，安静极了，然而万籁有声，江流浩浩，飘忽着一种广大深微的呼吁，一种半消沉半积极的神秘意向，极其悄怆感人。东北风。交过小雪了，真的入了冬了，可是江南地暖，虽已至"相逢不出手"时候，身体各处却还觉得舒舒服服，饶有清兴，不很肃杀。天有默阴，空气里潮润润的。新麦，旧柳，抽了卷须的豌豆苗，散过了絮的蒲公英，全都欣然接受这点水气，很久没有下雨。鸭子似乎也很满意这样的天气，显得比平常安静得多。脖子被提起来，并不表示抗议，——也由于那几个鸭贩子提得是地方，一提起，就势儿就摔了过去，不致令它们痛苦，甚至那一摔还会教它们得到筋肉伸张的快感，所以往来走动，煦煦然很自在的样子，一点儿也看不出悲惨。人多以为鸭子是很会唠叨的动物，其实鸭子也有默处的时候，不过这么一大群鸭子而能如此雍雍雅雅，我还从未见过！它们今天早上大都得到一顿饱餐了罢。——甚么地方来了一阵煮大麦芽的气味儿，香得很，一定有人用长柄大铲子慢慢地搅和着，就要出糖了。——是称称斤量，分开新鸭老鸭？也不对。这些鸭子全都差不多大，没有问题，全是今年养的，生日不是四月就是五月初头，上下差也差不了几天。骡马看牙口，鸭子不是骡马。要看，也得叫鸭子张嘴，而鸭子嘴全闭得扁扁的！黄嘴也扁扁的，绿嘴也扁扁的。掰开来看全都是一圈细锯齿，它的板牙在肚子里，嗉囊里那堆石粒子！嘴上看甚么呢？——我已经断定他们看的是鸭嘴。看甚么呢？哦，鸭嘴上有点东西！有一个一个印子，刻出来的。有的是一道，有的两道，有的一个十字叉叉，那个脸红通通的小伙子，（他棉袄是新的，鞋袜干干净净，他不喝酒，不赌钱，他是个好"儿子"，他有个很疼爱他的母亲。我并不嫉妒你！）尽挑那种嘴上两道的。这是记认。这一群鸭子不是一家养的，主人相熟，一伙运过江来，搅乱了，现在再分开各自出卖。对了，不会错的，这个记认做得实在有道理。

江边风大，立久了究竟有点冷，走罢。

刚才运那一车子鸡的夫妻俩不知到了哪里。一板车的鸡，一笼一笼堆得高高的。这些鸡算不算他们自己的？算他们的，该不坏了，很值几文呢。看样子似不大像，他们穿得可不大齐整。这是做活，不是上庙烧香，不是回娘家过年，用不着打扮，也许。这付板车未免太笨重了一点，车本身比那些鸡一定重得多。——虽然空车子拉起来一定又觉得很轻松的。我起初真有点不平，这男人岂有此理，让女人在前头拉，自己提了两个看起来没有多大分量的蒲包在后头自自在在地踱方步，你就在后头推一把也不妨呀！父亲不说甚么，很关心地看他们过去。一直到了快拐弯的地方，我们一相视，心里有同样感动了。这一带地怎么那么不平，那么多的坑！车子拉动了之后，并不怎么费力的，陷在坑里要推上来才不容易。一下子歪倒了，赶紧上去救住，不但要气力，而且要机警灵活，压着撞着都不轻。这一下子，够受的！他抵住了，然而一个轮子还是上不来。我们走过来，两个老人也跑了过来。我上去推了一把，毫无用处，还是老人之一捡了一块砖煞住一个老往后滑的轮子，那个男人（我现在觉得他很伟大，很敬佩他），发一声喊，车子来了！不该走这条路的，该稍为绕绕，旁边不还稍为平点么。她是没有看到？是想一冲冲过去的？他要发脾气了，埋怨了！然而他没有，不但脸上没有，心里也没有。接过女人为他拾回来的落掉的瓦块帽子，掸一掸草屑，戴上，"难为了，"又走了，车子吱吱咄咄拉了过去。我这才听见，怎么刚才车轴似乎没有声音呢？加点油是否好些？他那两个蒲包里是甚么东西？鸡食？路上"歪掉"的鸡？两包盐？

我想起《打花鼓》：

恩爱的夫妻
槌不离锣

这两句老在我心里唱，连底下那个"啊呃哎"。这个"啊呃哎"一声一声的弄得我心里很凄楚起来。小时杂在商贾负贩人中听过庙戏多回，不知怎么记得这么两句《一枝花》。后来翻查过戏谱，曾记诵过《打花鼓》全出，可是一有甚么感触时仍是这两句，没头没脑的尽是哼哼。

这个记认做得实在很有道理。遍观鸭子全身，还有甚么其他地方可以做记认呢？不像鸡，鸡长大了毛色各各不同，养鸡人全都记得，在他们眼中世界上没有两只同样的鸡，（《王婆骂鸡》曲本中列鸡色目甚繁伙帖当，可惜背不全了！）偷去杀了吃掉，剥下一堆毛，他认也认得清，小鸡子则都给染了颜色，在肩翅之间，或红或绿。有老母鸡领着，也不大容易走失。染了颜色不大好看，我小时候颇不赞成，但人家养鸡可不是为的给我看的！鸭子麻烦，身上不能染红绿颜色，它要下水，整天浸在水里颜色要褪。到一放大毛，普天之下的鸭子就只有两种样子了：公鸭，母鸭。所有的公鸭都一样，所有的母鸭也全一样。鸭子养在河里，你家养，他家养，在河里会面打伙时极多，虽然赶鸭子对自己的鸭有法调度，可是有时不免要混杂。可以做记认，一看就看出来的只有那张嘴。（沈石田画鸭，总是把鸭嘴画得比实际的要宽长些，看过他三幅有鸭子或专画鸭子的画，莫不如是。）上帝造鸭，没有想到鸭嘴有这么个用处罢。小鸭子，嘴嫩嫩的，刻起来大概很容易，用把小洋刀，钳子，钉头，或者随便甚么，甚至荆棘的刺，但没有问题，养鸭人家一定专有一个甚么东西，轻轻那么一划就成了。鸭嘴是角质，就像指甲似的没有神经，刻起来不痛。刻过的，没有刻过的，只要一张嘴，一样的吃碎米，浮萍，蛆虫，虾蚤，猫杀子罗汉狗子小鱼，鸭子们大概毫不在乎，不会有一只鸭子发现了，大叫出来，"咦，老哥，你嘴上怎么回事，雕了花？"想出这个主意的必然是个伶俐聪敏人。这四个汉子中哪一个会发明出来，如果从前从未有过这么一个办法？那个红脸小伙子眼睛生得很美，很撩人的，他可以去演电影。——不，还是鱼裙瓦块帽做鸭子生意！

然而那两个老人是谁呢？

父亲揭起煨罐盖子看看，闻了闻气味，"差不多了，"把一束葱放下去，掇到另一小火的炉上焖起来，打汽炉子空出来蒸蟹。碗筷摆出来，两个杯子里酌满了酒，就要吃饭了。酒真好，我十年来没有喝过这样好酒。父亲说我来了这几天，他比平常喝得要多些，我很喜欢。

"那两个年纪大的是谁？"

"怎么，——你不记得了？"

我还以为我的话问得突兀，我们今天看见过好几个老人，虽然同时看见，在一处的，只有那两个；虽然父亲跟他们招呼过，未必像我一样对他们有兴趣，一直存在心里罢。他这一反问教我很高兴，分明这是很值得记得的两个人，我的眼睛没有错，他们确是有吸引人的地方的！我以为父亲跟他们招呼时有种特殊的敬爱，也没有错，我一问，他即知道问的是谁。大概父亲也会谈起的。

"一个是余老五。"

余老五！这我立刻就知道了，是高大，广额方颡，一腮帮子白胡子根的那个。刚才我就觉得似曾相识，哪里看见过的，想来想去，找不到那个名字，我还以为又是把在另一处看过的一个老人的影子错借来了。他是余老五，真

060

不该忘记。近二十年了，我从前想过他，若是老了该是甚么样子，正是这个样子！难怪那么面熟。他不该上这里来，若在家乡街上，我能不认得？——那个瘦瘦小小，目光精利，一小撮山羊胡子，头老微微扬起，眼角微有嘲讽痕迹，行动不像是六十几的人，是——

"陆长庚。"

"陆长庚。"

"陆鸭。"

陆鸭！不过我只能说是知道他，那时候我还小。——不像余老五那是天天见得到的老街坊。

说是老街坊，余大房离我们家很有一截子路，地名大溏，已经是附郭最外一圈，是这条街的尾闾了。余大房是一个炕，余老五在余大房炕房当师傅。他虽姓余，炕房可不是他开的，虽然他是这个炕房里顶重要的一个人。老板或者是他一宗，恐怕相当远，不大清楚了。大溏是一片大水，由此可至东北各乡及下河县城水道，而水边有人家处亦称大溏。这是个很动人的地方，风景人物皆极有佳胜处，产生故事极多。在这里出入的，多是那种戴瓦块毡帽系鱼裙朋友。用一个小船在河心里顺流而下，可以看到垂杨柳，脆皮榆，茅棚瓦屋之间高爽地段常有一座比较齐整的房子，两边墙上粉得雪白，几个黑漆大字，显明阁目，一望可见，夏天外头多用芦席搭一个凉棚，绿缸中渍着凉茶，冬天照例有卖花生薄脆的孩子在门口踢毽子，树顶常飘有做会的纸幡或红绿灯笼的那是"行"。一种是鲜货行,代客投牙买卖鱼虾水货,荸荠慈菇,芋芳山药,鸡头薏米,种种杂物。一种是鸡鸭蛋行。鸡鸭蛋行旁边常常是一爿炕房。炕房无字号,多称姓某几房,似颇有古意,而余大房声誉最著,一直是最大的一家。

余五整天没有甚么事情,老看他在街上逛来逛去,而且到哪里提了他那把紫砂茶壶,坐下来就聊,一聊一半天。而且好喝酒,一天两顿,一顿四两。而且好管闲事,跟他毫无关系的事,他也要挤上来说话。而且声音奇大,这条街上一爿茶馆里随时听见他的声音。有时炕房里差个小孩子来找他有事,问人看见没有。答话人常是"看没有看见,听倒听见的。再走过三家门面,你把耳朵竖起来,找不到,再回来问我。"他一年闲到头,吃,喝,穿,用,全不缺。余大房养他。只有春夏之间,不大看见他影子了。

不知多少年没有吃那种"巧蛋"了。巧蛋是孵小鸡没有孵出来的蛋。不知甚么道理,常常有些小鸡长不全,多半是长了一个小头,下面还是个蛋,不过颜色已变,黄黄的,上面略有几根毛丝;有的甚至连翅膀也全了。只是出不了壳。出不了壳,是鸡生得笨,所以这种蛋也称为"拙蛋",说是小孩子吃不得的,吃了书念不好。可是通常反过来,称为"巧蛋"了,念书的孩子也就马马虎虎准许吃了,虽然并不因为带一个巧字而鼓励孩子吃。这东西很多人不吃的。因为看上去有点发酥发麻,想一想也怪不舒服。对于不吃的人,我并不反对。有人很爱,到时候千方百计地去找。很惭愧，我是吃过的，而且只好老实说，味道很不错。吃都吃过了，赖也赖不掉，想高雅也高雅不起来了。——吃巧蛋的时候，看不见余五了，清明前后，正是炕鸡子的时候。接着，又得炕小鸭子，四月。

蛋先得挑一挑，那多是蛋行里人责任，哪一路，哪一路收来的蛋，他们都分得好好的，鸡鸭也有"种口"，哪一种容易养，哪一种长得高大，哪一种下得蛋，他们全知道。分好了，剔一道，薄壳，过小，散黄，乱带，日久，全不要。再就是炕房师傅的事了。在一间暗屋子里，一扇门上开一个小圆洞，蛋放在洞上，闭一只眼睛，睁一只眼睛，睁一只眼睛反复映看，谓之"照蛋"。第一次叫"头照"。头照是照"珠子"，照蛋黄中的胚珠，看受过精没有，用他们说法，是看有过公鸡，或公鸭没有。没有过公鸡公鸭的，出不了小鸡小鸭。照完了，这就"下炕"了。下炕后三四天，（他们是论时辰的，不会这么含糊，三四天是我的印象，）取出来再照，名为"二照"，二照照珠子"发饱"没有。头照很简单，谁都做得来，不用在门洞上，用手轻握如筒，蛋放在底下，迎着亮，转来转去，就看得出来有没有那么一点儿了。二照比较要点功夫，胚珠是否隆起了一点儿，常常不容易断定。二照剔下来的蛋拿到外头卖，还是一样，一点看不出是炕过的。二照之后，三照四照，隔几天一次，三四照之后的蛋就变了，到知道炕里蛋都在正常发育，就不再动它，静待出炕"上床"。

下了炕之后，不大随便让人去看。下炕那天照例三牲五事，大香大烛，燃鞭放炮，磕头拜敬祖师菩萨，很隆重庄严。炕一年就做一季生意，赚钱蚀本就看这几天。但跟余五熟识，尤其是跟父亲一起去，就可以走进炕边看看。所谓"炕"是一口一口缸，里头涂糊泥草，下面不断用火烘着。火要微微的，保持一定温度。太热了一炕蛋就都熟了，太小也透不进去。甚么时候加点糠或草，甚么时候去掉一点，这是余五职分。那两天他整天不离开一步。许多事情不用他下手，他只须不时看一看，吩咐两句话，有下手从头照着做。余五这可显得重要极了，尊贵极了，也谨慎极了，还温柔极了。他说话细声细气，走路也轻轻的，举止动作，全跟他这个人不相称。他神情很奇怪，像总在谛听着甚么似的，怕自己轻轻咳嗽也会惊散这点声音似的，聚精会神，身体各部全在一种沉湎，一种兴奋，一种极度敏感之中。熟悉炕房情形的人，都说这行饭不容易吃，一炕下来，人要瘦一套，吃饭睡觉也不能马虎一刻，这样前前后后半个多月！从前炕房里供余五抽烟的。他总是躺在屋角一张小床上抽烟，或者闭目假寐，不时就壶嘴喝一口茶，哑哑地说一句甚么话。一样借以量度的器械都没有，就凭他这个人，一个精细准确而复杂多方的"表"，不以形求，全以神遇，用他的下意识来判断一切。这才是目睹身验着一个一个生命怎么完成，多有意思事情！炕房里暗暗的，暖洋洋的，空气里潮濡濡的，笼着一度暧昧含隐的异样感觉，怔怔悸悸，缠绵持续，惶恐不安，一种怀春含情的感觉。余老五也真是有一种"母性"，虽然这两个字不管用在从前一腮帮子黑胡根子，现在一腮帮子白胡根子的余五身上都似颇为滑稽。

蛋炕好了，放在一张一张木架上，那就是"床"。床上垫棉花，放上去，不多久，就"出"了，小鸡子一个一个啄破蛋壳，啾啾叫起来。听到这声音，老板心里就开了花，而余五眼皮一耷拉，已经沉沉睡去了，小鸡子在街上卖的时候，正是余五呼呼大睡的时候。——鸭子比较简单，连床也不用上，难的是鸡。

卖小鸡小鸭是很有意思的行业。小鸡跟真正的春天一起来，气候也暖了，花也开了。而小鸭子接着就带来了夏天。"春江水暖鸭先知，"说的岂是老鸭？然而老鸭多半养在家里，在江水中游泳的似不甚多。画春江水暖诗意画出黄毛小鸭来，是极自然的，然而事实上大概是错的。小鸡小鸭都放在一个竹编浅沿有盖大圆盒子里卖，挑了各处走，似乎没有吆唤的。一路走，一路啾啾地叫，好玩极了。小鸡小鸭皆极可爱，小鸡娇弱伶仃，小鸭常傻气固执。看它们窜跑跳跃，感到生命的欢欣。提在手里，那点微微挣抗搔骚，令人心中怦怦然动，胸口痒痒的。

余大房何以生意最好？因为有一个余老五，余老五是这一行的一个"状元"。余老五何以是状元？他炕出来的小鸡跟别人家的摆在一起，来买的人一定买余老五的鸡，他的小鸡特别大。刚刚出炕的小鸡，刚从蛋里出来的，照理是一样大小，不过是那么重一个，然而余老五就能大些。上戥子称，上下差不多，而看上去他的小鸡要大一套！那就好看多了，当然有人买。怎么能大一套呢？他让小鸡的绒毛都出足了。鸡蛋下了炕，比如要几十个时辰，可以出炕了，别的师傅都不敢到那个最后限度，小鸡子出得了，就取出来上床，生怕火功水气错了一点，一炕蛋整个的废了，还是稳点罢，没有胆量等。余五大概总比较多等一个半个时辰。那一个半个时辰是顶吃紧时候，半个多月工夫就在这一会儿现出交代，余五也疲倦到达到极限了，然而他比平常更觉醒，更敏锐。他那样子让我想起"火眼狻猊"、"金眼雕"之类绰号，完全变了一个人，眼睛陷下去，变了色，光彩近乎疯人狂人。脾气也大了，动辄激恼发威，简直碰他不得，专断极了，顽固极了。很奇怪的，他倒简直不走近火炕一步，半倚半靠在小床上抽烟，一句话也不说。木床棉絮准备得好好的，徒弟不放心，轻轻来问一句"起了罢？"摇摇头，"起了罢？"还是摇摇头，只管抽他的烟，这一会儿正是小鸡放绒毛的时候，忽而作然而起，"起！"徒弟们赶紧一窝蜂取出来，简直才放上床，就啾啾啾啾地纷纷出来了。余五自掌炕以来，从未误过一回事，同行中无不赞叹佩服，以为神乎其技。道理是简单的，可是人得不到他那种不移的信心。不是强做得来的，是天才，是学问，余五炕小鸭，亦类此出色。至于照蛋煨火等节目，是尤其余事了。

因此他才配提了紫砂壶到处闲聊，一事不管，人家说不是他吃老板，是老板吃着他，没有余老五，余大房就不成其为余大房了，没有余大房，余老五仍是一个余老五。

甚么时候他前脚跨出那个大门，后脚就有人替他把紫砂壶接过去了，每一家炕房随时都在等着他。从前每年都有人来跟他谈的，他都用种种方法回绝了，后来实在麻烦不过，他开玩笑似的说："对不起，老板坟地都给我看好了！"

父亲说，后来余大房当真托人在泰山庙，就在炕房旁边，给他谈过一小块地，买成没有买成，可不知道了，附近有一片短松林，我们从前老上那儿放风筝，蚕豆花开得紫多多的，斑鸠在叫。

照说，陆长庚是个更富故事性的人，他不像余五那么质实朴素。余五高高大大，方肩膀，方下巴，到处去，而陆长庚只能算是矮子里的高人，属于这一带所说"三料个子"一型，眉毛稍为有点倒，小小眼睛，不时眨动，眨动，嘴唇秀小微薄而柔软，透出机智灵巧，心窍极多，不过乍一看不大看得出来，不仅是他的装束，举止言词亦带着很重的农民气质，安分，卑怯，愿谨，虽然比一般农民要少一点儿惊惶，而绝望得似乎更深些。就是这点绝望掩盖而且涂改了他的轻盈便捷了。他不像余五那样有酒有饭，有保障有寄托，他受的折磨、伤害、压迫、饥饿都多，他脸小，可是纹路比余五杂驳，写出更多人性。他有太多没用说出来的俏皮笑话，太多没用浪费的风情，没有安慰没有吐气扬眉，没有——我看我说得太逞兴了，过了一点儿分！所以为此，只因为我有点气愤，气愤于他一定有太多故事没有让我知道。余五若是个为人所敬重的人，他应当是那一带茶坊酒座，瓜架豆棚的一个点缀，是一个为人所喜爱的角色，可是我父亲知道他那点事完全是偶然；他表演了那么一回，也是偶然！

母亲故世之后，父亲觉得很寂寞无聊。母亲葬在窑庄，窑庄我们有一块地，这块地一直没有收成，沙性很重，种稻种麦，都不适宜，那么一片地，每年只得两担荒草做租谷，父亲于是想辟成一个小小农场，试种棉花，种水果，种瓜。把庄房收回来，略事装修，他平日即住在那边，逢年过节，有甚么事情才回来。他年轻时体格极强，耐得劳苦，凡事都躬亲执役，用的两个长工也很勤勉，农场成绩还不错。试种的水蜜桃虽然只开好看的花，结了桃子还不够送人的，棉花则颇有盈余，颜色丝头都好，可是因为好得超过标准，不合那一路厂家机子用，后来就不再种了。至今政府物产统计表上产棉项下还列有窑庄地方，其实老早已经一朵都没有了。不过父亲一直还怀念那个地方，怀念那一段日子，他那几年身体弄得很好，知道了许多事情，忘记了许多事情，从来没有那么快乐满足过。我由一个女用人带着，在舅舅家过，也有时到窑庄住几天，或是父亲带我去或是我自己来了，事前连通知都不通知他！

那天我去，父亲正在屋后园子里给一棵攀杏接枝。这不是接枝的时候，不过是没有事情做，接了玩玩。接枝实在是很好玩，两种不同的树木会连在一起生长，生长而又起变化，本来涩的会变甜了，本来纽子大的会有拳头大，多神奇不可思议的事！他不知接了多少，简直看见树他就想接！手续很简单，接完了用稻草一缠就可以了。不过虽是一根稻草，却束得妥帖坚牢，不会松散。削切枝条的，正是这把角柄小刀，用了这么些年了，还是刀刃若新发于硎。我来是请他回家过节，问他我们要不就在这里过节好不好。而一个长工来了：

"三爷，鸭都丢了！"

"怎样都丢了？"

这一带多河沟港汊，出细鱼细虾，是很适合养鸭地方。这块地上老佃户倪二，父亲原说留他，可是他对棉花不感兴趣，而且怎么样也不肯相信从来没有结过棉花地方会出棉花，这块地向来只长荞麦，胡萝卜，绿豆，红毛草！他要退租，退租怎么维生，他要养鸭；鸭从来没有养过怎么行，他说从前帮过人，多少懂一点儿，没有本钱，没有本钱想跟三爷借，父亲觉得不能让他再种红毛草了，很对不起他，应当借给他钱。为了好玩，父亲也托他，买了一百只小鸭，贴他一点钱，由他代养。事发生手，他居然把一趟鸭养得不坏，父亲高兴，说：

"倪二，你不相信我种棉花，我也不相信你养鸭子，可是现在田里是甚么，一朵一朵白的，那是甚么？"

"是棉花。河里一只一只肥的，是——鸭子！"

"事在人为。明年我们换换手，你还是接这块地种，现在你相信它能出棉花了。我明年也来养鸭！"

父亲是真有这样意思的，地土适于植棉，已经证实，父亲并没有打算一直在这里待下去，总得有人接过。后来田还是交给倪二了。可是因为管理不善，结出来的朵子越来越伶仃了。鸭，父亲可没有自己去养，他是劝劝倪二也还是放弃水面，回到泥土，总觉得那不大适合他，与他的脾气个性，甚至血统都不相宜，这好像有一种命定安排似的，他离不开生长红毛草的这一片地，现在要来改行已经太晚了。人究竟不像树木，可以随便接枝。即树木，有些接枝也不能生长的。站在庄头场上，或早或晚，沉沉雾霭，淡淡金光中，可以看到倪二喳喳吃吃赶着一大阵鸭子经过荡口，父亲常常要摇头。

"还是不成，不'像'！他自己以为帮人喂过食，上过圈，一窝鸭子又养得肥壮，得意得了不得，仿佛是老行家了，可是样子总不大对。这些鸭子还没有很认得他，服他、依他，他跟鸭子不能那么完全是一家子似的。照理，都就要卖了，应当简直不用拘束，那根篙子轻易不大动了。我没有看见过赶鸭用这种神情赶鸭的！"

他把"神情"两个字说得很重，仿佛神情是个甚么可以拿在手里挥舞的东西似的。倪二老实一点，可是我父亲对他不能欣赏他是也可以感觉到的，倪二不服，他有他的话：

"三爷，您看！"

他的意思是就要八月中秋，马上就可以赶到市上变钱，今年鸡鸭上好市面，到那个时候倪二再说他当初为甚么要改业，看看倪二眼光如何，手段如何。父亲想气他一气，说：

"倪二，你知道你手里那根篙子有多重？人说篙子是四两拨千斤，是不是只有四两？"

这就非教倪二红脸不可了，伤了他的心，他那根篙子搠得实在不顶游刃得体，不够到家。不过父亲没有说，怕太损了他的尊严。

养鸭是很苦的事。种田也是很苦的事，但那是另外一种苦。问养鸭人顶苦是甚么，很奇怪的，他们回答"是寂寞"。这简直不能相信了，似乎寂寞只是坐得太久谈得太多，抽烟喝茶度日的人才有的感情，"乡下人"！会"寂寞"吗？也许寂寞是人的基本感情之一，怕寂寞是与生俱来的，襁褓中的孩子如果不是确知父母在留心着自己，他不肯一个人睡在一间屋子里。也可能这是穴居野处时对于不可知的一切来袭的恐惧心理的遗传，人总要知觉到自己不是孤身地面对整个自然。种地不是一个人的事情，车水、耨草、播种、插秧、打场、施肥，有歌声，有锣鼓，有打骂调笑，相慰相劳，热热闹闹，呼吸着人的气息。而养鸭是一种游离，一种放逐，一种流浪。一清早，天才露白，撑一个浅扁小船，才容一人起坐，叫作"鸭撇子"，手里一根竹篙，竹篙头上系一个稻草把子或破芭蕉蒲扇，用以指挥鸭子转弯入阵，也用以划水撑船，就冷冷清清地离了庄子，到一片茫茫的水里去了。一去一天，直到天压黑，才回来。下雨天穿蓑衣，太阳大戴笠子，凉了多带件衣裳，整个被人遗忘在这片水里。"连个说说话的人都没有"。这句话似极普通，可是你看看养鸭人的脸，听起来就有无比的悲愁。在那么空廖的地方，真是会引起一种原始的恐惧的，无助、无告，忍受着一种深入肌理，抽搐着腹肉，教人想呕吐的绝望，"简直要哭出来"！单那份厌气就无法排遣，只有拼命吧嗒旱烟。远远的可以听到一两声人声，可是眼前是这些扁毛畜生！牛羊，甚至猪，都与人切身相关，可以产生感情，要跟鸭子谈谈心实在是很困难。放鸭的如果不是特别有心性，会自己娱悦，能弄一点甚么东西在手上做做，心里想想的，很容易变成孤僻怪物之冷漠而褊窄。父亲觉得倪二旱烟瘾越来越大，行动虽还没看出甚么改变，可是有点甚么东西正在深重起来，无以名之，只有借用又是只通用于另一阶段的名词：犬儒主义。

可是鸭子肥得倪二欢喜，他看完了好利钱，这支持着他。

前两天倪二说，要把鸭子赶去卖了，已经谈好了，行用，卡钱，水脚，全算上，连底三倍利。就要赶，问父亲那一百只鸭怎么说，是不是一起卖。父亲关照他留三十只，送送人，也养几只下蛋，他要看自己家里鸭子下两个双黄玩玩。昨天晚上想起来，要多留二十只，今天叫长工去荡里跟倪二说一声。

"鸭都丢了！"

倪二说要去卖鸭，父亲问他要不要人帮一帮，怕他一个人对付不了。鸭子运起来，不像鸡装了笼子，仍是一只小船，船上准备人的粮食，简单行李，鸭圈一大卷，人在船，鸭在水，一路迤迤逶逶地走。鸭子路上要吃，还是鱼虾水虫，到了那头才不瘦臕减分量，精神好看。指挥拨反全靠那根篙子。有人可以在大江里赶十天半月，晚上找个沙洲歇一歇，这不是外行冒充得来的。

"不要！"

怕父亲还要说甚么，他偷偷准备准备，留下三十只，其余的一早赶过荡，过白莲湖，转到大湖里，到邻县城里去了。长工一到荡口，问人：

"倪二呢？"

"倪二在白莲湖里，你赶快去看看，叫三爷也去看看，——一趟鸭子全散了！"

白莲湖是一口小湖，离窑庄不远，出菱，出藕，藕肥白少渣滓，荷花倒是红的多。或散步，或乘船赶二五八集期，我们也常去的，湖边港汊甚多，密密地长着芦苇。新芦苇长得很高了。莲蓬已经采过，荷叶颜色发了黑，多半全破了，人过时常有翡翠鸟冲起掠过，翠绿地一闪，疾速如箭，切断人的思绪或低低地唱歌。

小船浮在岸边，竹篙横在船上，篙子头上的破蒲扇不知哪里去了。倪二呢？坐在一个石辘轳上，手里团着他的瓦块帽子，额头上破了一块皮，在一个人家晒场上，为几个人围着，他好像老了十年。他疲倦了，一清早到现在，现在是下半天了，他一定还没有吃过饭，跟这些鸭子奋斗了半日。他的饭在船上一个布口袋里，一袋子老锅巴。他坐着不动，看不出他心里甚么滋味，不时头忽然抖一抖，好像受了震动。——他的脖子里的沟好深，一方格一方格的，颜色真红，烧焦了似的。那么坐着，脚恐怕要麻了，好傻相的脚！父亲叫他：

"倪二。"

"三爷！"

他像个孩子似的哭起来了。——怎么办呢？

"去找陆长庚，他有法子。"

"哎，除非陆长庚。"

"只有老陆，陆鸭。"

陆长庚在哪里？

"多半在桥头茶馆。"

桥头有个茶馆，为的鲜货行客人，蛋行客人，陆陈粮行客人，区里，县里，党部里来的人谈话讲生意而设的，卖清茶，代卖烟纸，洋杂，针线，香烛，鸡蛋糕，麻酥饼，七厘散，紫金锭，菜种，草鞋，契纸，小绿颖毛笔，金不换黑墨，何通记纸牌。这一带闲散无事人常借茶馆聚赌玩钱。有时纸牌，最为文雅。有时麻雀，那副牌有一张红中丢了，配了牌九上一张杂七，这杂七于是成为桌上最关心的一张牌了。有时推牌九，下旁注的比坐下来拿牌的要多，在后头呼幺喝六，帮别人呐喊助威的更多。船从桥边过，远远的就看到一堆兴奋忘形的人头人手，走过了一段，还听得到"七七八八——不要九！""磨一点，再磨一点，天地遇牯牛，越大越封侯！"呼声。常在后头看斜头胡的，有人指点过，那就是陆长庚，这一带放鸭的第一手，诨号陆鸭，说他自己简直就是一只老鸭。——瘦瘦小小，神情总是在发愁的样子。他已经多年不养鸭了，见到鸭就怕了，运气不好，老是瘟。

"不要你多，十五块洋钱。"

十五块钱在从前很是一个数目了。许多人都因为这个数目而回了回头，看看倪二，看看陆长庚，桌面上顶大的注子是一吊钱三三四，天之九吃三道。

说了半天，讲定了，十块钱。看一家地杠通吃，红了一庄，方去。

"把鸭圈全拿好，倪二你会赶鸭子进圈的？我吆上来，你就赶，鸭子在水里好弄，上了岸七零八落的不好捉。"

这十块钱太赚的不费力了！拈起那根篙子，撑到湖心，人仆在船上，把篙子平着在水上扑一气，嘴里喷喷咕咕不知叫点甚么，嚇——都来了！鸭子四面八方，从芦苇缝里像来争甚么东西似的，拼命地拍着翅膀，挺着脖子，一起奔到他那只小船的四围来。本来平静辽阔湖面，一时骤然热闹起来，全是鸭子，不知为甚么，高兴极了，喜欢极了，放开喉咙大叫，不停地把头没在水里，翻来覆去。岸上人看到这情形，都忍不住大笑起来，连倪二都笑了，他笑得尤其舒服。差不多都齐了，篙子一抬，嘴子曼声唱着，鸭子马上又安静起来，文文雅雅，摆摆摇摇，向岸边游来，舒闲整齐有致。兵法用兵第一贵"和"，这个字用来形容那些鸭子真是恰切极了。他唱的不知是甚么，仿佛鸭子都很爱听，听得很入神似的，真怪！

"一共多少只？"

"三千多。"

"三千多少？"

"三千零四十二。"

他拣一个高处，四面一望。

"你数数，大概不差了。——嗨！你这里头怎么来了一只老鸭！是哪一家养的老鸭教你裹来了！"

倪二分辨，分辨也没有用，他一伸手捞住了。

"它屁股一撅，就知道。新鸭子拉稀屎，过了一年的，才硬。鸭肠子鸭头的那里有个小箍道，老鸭子就长老了。吃新鸭子，不喝酒，容易拉肚，就因为鸭肠子不老。裹了人家鸭自己还不知道，只知道多了一只！"

"我不要你多，只要两只。送不送由你。"

怎么小气，也没法不送他，他已经到鸭圈里提了两只，一手一只，拎了一拎。

"多重？"

他问人。

"你说多重？"

有人问他。

"六斤四，——这一只，多一两，六斤五。这一趟里顶壮的两只。"

不相信，哪里一两也分得出，就凭手拎一拎？

"不相信，不相信拿秤来称。称得不对，两只鸭算你的；对了，今天晚上上你家里喝酒。"

称出来，一点都不错。

"拎都用不着拎，凭眼睛看，说得出这一趟鸭一个一个多重。"

不过先得大叫一声才看得出来。鸭身上有毛，毛蓬松着看不出来，得惊它一惊，一惊，鸭毛就紧了，贴在身上了，这就看得出哪一个肥哪一个瘦。

"晚上喝酒了，在茶馆里会。不让你费事，鸭先杀好。"

他刀也不用，一个指头往鸭子三岔骨处一捣，两只鸭挣扎都不挣扎就死了。

"杀的鸭子不好吃，鸭子要吃呛血的，肉才不老。"

甚么事他都是轻描淡写，毫不大惊小怪。说话自然露出得意，可是得意之中还是有一种对于自己的嘲讽，仿佛这是并不稀奇的事，而且正因为有这点本领，他才种种不如别人。他日子过得很不如意，种一点地，种的是豆子。"懒媳妇种豆，"豆子是顶不要花工夫气力的。从前放过鸭，可是本钱都蚀光了。鸭子瘟起来不得了，只要看见一个鸭摇一摇头，就完了。还不像鸡，鸡瘟起来比较慢，灌点儿胡椒香油，还可以有点救。鸭，一个摇头，个个摇头，马上，都不动了。比在三岔骨上捣一指头还快。常常一趟鸭子放到荡里，回来时只有自己一个人了。看着死，毫无办法。陆长庚吃的鸭可太多了，他发誓，从此绝不再养。

"倪老二，十块钱不白要你的，我给你送到。今天晚了，你把鸭圈起来过一夜，明天一早我来。三爷，十块钱赶一趟鸭，不算顶贵噢？"

他知道这十块钱将由谁来出。

当然，第二天大早他来时仍是一个陆长庚，一夜七戳五在手，输得光光的。

"没有！还剩一块！"

这两个人都老了，时候过起来真快。两个老人怎么会到这里来了呢？现在在做甚么呢？父亲也不大清楚，我请父亲给我打听打听，可是一直还没有信来。——忽然想起来，那个分鸭子的年青小伙子一定是两老人之一的儿子，而且是另一老人的女婿。我得写封信去问问。也顺便问问父亲房东家养在院子里的那只大公鸡不知怎么了。——这只公鸡，他们说它有神经病，我看大概不是神经病。一窝小鸡买进来时本来是十只，次第都已死去，只剩下这个长命。不过很怪，常常它会曲起一只脚来乱蹦乱跳一气，就像发了疯似的。可能是抽筋，不过鸡会抽筋么？它左脚有点异样，脚趾全向里弯，有点内八字，最外一个而且好像短了一截，可能是小时候教甚么重东西压的。是这影响他生理上有时不大平衡么？父亲说怕是受刺激太深，与它的同伴的死有关，那当然是开玩笑。——哎哟，一年了，该没有被杀掉风起来罢？这两天正是风鸡的时候。

看　水

下班了。小吕把擦得干干净净的铁锹搁到"小仓库"里，正在脚蹬着一个旧辘轴系鞋带，组长大老张走过来，跟他说：

"小吕，你今天看一夜水。"

小吕的心略为沉了一沉。他没有这种准备。今天一天的活不轻松，小吕身上有点累。收工之前，他就想过：吃了晚饭，打一会百分，看两节《水浒传》，洗一个脚，睡觉！他身上好像已经尝到伸腰展腿地躺在床上的那股舒服劲。看一夜水，甭打算睡了！这倒还没有什么。主要的是，他没有看过水，他不知道看水是怎么个看法。一个人，黑夜里，万一要是渠塌了，水跑了，淹了庄稼，灌了房子，……那他可招架不了！一种沉重的，超过他的能力和体力的责任感压迫着他。

但是大老张说话的声音、语气，叫他不能拒绝。果园接连浇了三天三夜地了。各处的地都要浇，就这几天能够给果园使水，果园也非乘这几天抓紧了透透地浇一阵水不可，果子正在膨大，非常需要水。偏偏这一阵别的活又忙，葡萄绑条、山丁子喷药、西瓜除腻虫、倒栽疙瘩白、垅葱……全都挤在一起了。几个大工白日黑夜轮班倒，一天休息不了几小时，一个个眼睛红红的，全都熬得上了火。再派谁呢？派谁都不大合适。这样大老张才会想到小吕的头上来。小吕知道，大老张是想叫小吕在上头守守闸，看看水，他自己再坚持在果园浇一夜，这点地就差不多了。小吕是个小工，往小里说还是个孩子，一定不去，谁也不能说什么。过去也没有派过他干过这种活。但是小吕觉得不能这样。自己是果园的人，若是遇到紧张关头，自己总是逍遥自在，在一边做个没事人，心里也觉说不过去。看来也还就是叫自己去比较合适。无论如何，小吕也是个男子汉，——你总不能叫两个女工黑夜里在野地里看水！大老张既然叫自己去，他说咱能行，咱就试巴试巴！而且，看水，这也挺新鲜，挺有意思！小吕就说：

"好吧！"

小吕把搁进去的铁锨又拿出来，大老张又嘱咐了他几句话，他扛上铁锨就走了。

吃了晚饭，小吕早早地就上了渠。

一来，小吕就去找大老张留下的两个志子。大老张告诉他，他给他在渠沿里面横插两根树枝，当作志子，一处在大闸进水处不远，一处在支渠拐弯处小石桥下。大老张说：

"你只要常常去看看这两根树枝。水只要不漫过志子，就不要紧，尽它浇好了！若是水把它漫下去了，就去搬闸，——拉起一块闸板，把水放掉一些，——水太大了怕渠要吃不住。若是水太小了，就放下两块闸板，让它憋一憋。没有什么，这几天水势都很平稳，不会有什么问题！"

小吕走近去，没怎么费事，就找到了。也很奇怪，这只是两根普普通通的细细的树枝，半掩半露在蒙翳披纷的杂草之间，并不特别引人注意，然而小吕用眼睛滤过去，很快就发现了，而且肯定就是它，毫不怀疑。一看见了这两根树枝，小吕心里一喜，好像找到了一件失去的心爱的东西似的。有了这两个志子，他心里有了一点底。不然，他一定会一会儿觉得，水太大了吧；一会儿又觉得，水太小了吧，搞得心里七上八下，没有主意。看看这两根插得很端正牢实的树枝，小吕从心里涌起一股对于大老张的感谢，觉得大老张真好，对他真体贴，——虽然小吕也知道大老张这样做，在他根本不算什么，一个组长，第一回叫一个没有经验的小工看水，可能都会这样。

小吕又到大闸上试了一下。看看水，看看闸，又看看逐渐稀少的来往行人，小吕暗暗地鼓了鼓劲，拿起抓钩（他还没有使唤过这种工具），走下闸下的石梁。拉了一次闸板，——用抓钩套住了闸板的铁环，拽了两下，活动了，使劲往上一提，起来了！行！又放了一次闸板，——两手平提着，觑准了两边的闸槽，——觑准了！不然，水就把它冲跑了！一撒手，下去了！再用抓钩捣了两下，严丝合缝，挺好！第一回，这是在横跨在大渠上的窄窄的石梁子上，满眼是汤汤洄洄、浩浩荡荡的大水，充耳是轰鸣的水声，小吕心里不免有点怯，有点晃荡。他手上深切地感觉到水的雄浑、强大的力量，——水扑击着套在抓钩上的闸板，好像有人使劲踢它似的。但是小吕屏住了气，站稳了脚，把注意力完全集中在闸板上酒杯大的铁环和两个窄窄的闸槽上，还是相当顺利地做成了他要做的事。

小吕深信大工们拉闸、安闸，也就是这样的。许多事都得自己来亲自试一下才成，别人没法跟他说，也说不清楚。

行！他觉得自己能够胜任。水势即使猛涨起来，情况紧急，他大概还能应付。他觉得轻松了一点，刚才那一阵压着他的严重的感觉开始扩散。

小吕沿着渠岸巡视了一遍。走着走着，又有点紧张起来。渠沿有好几处渗水，沁得堤土湿了老大一片，黑黑的。有不少地方有蚯蚓和蝼蛄穿的小眼，汩汩地冒水。小吕觉得这不祥得很。越看越担心，越想越害怕，觉得险象丛生，到处都有倒塌的可能！他不知道怎么办，就选定了一处，用手电照着（天已经擦黑了，月亮刚上来），定定地守着它看，看看它有什么变化没有。看了半天，似乎没有什么变化，还是那样。他又换了几处，还是拿不准。这时恰好有一个晚归的工人老李远远地走过来，——小吕听得出他咳嗽的声音，他问：

"小吕？你在干啥呢？——看水？"

小吕连忙拉住他：

"老李！这要紧不要紧？"

老李看了看：

"嘻！没关系！这水流了几天了，渠沉住气了，不碍事！你不要老是这样跑来跑去。一黑夜哩，老这么跑，不把你累死啦！找个地方坐下歇歇！隔一阵起来看看就行了！哎！"

小吕就像他正在看着的《水浒传》上的英雄一样，在心里暗道了一声"惭愧"；同时又念了一声"阿弥陀佛！"——小吕这一阵不知从哪里学了这么一句佛号，一来就是："阿弥陀佛！"

小吕并没有坐下歇歇，他还是沿着支渠来回溜达着，不过心里安详多了。他走在月光照泻的渠岸上，走在斑驳的树影里，风吹着，渠根的绿草幽幽地摇拂着。他脚下是一渠流水……他觉得看水很有味道。

半夜里，大概十二点来钟（根据开过去不久的上行客车判断），出了一点事。小石桥上面一截渠，从庄稼地里穿过，渠身高，地势低，春汇地的时候挖断过，填起来的地方土浮，叫水涮开了一个洞。小吕巡看到这里，用手电一照，已经涮得很深了，钻了水！小吕的心嗯嗵一声往下一掉。怎么办？这时候哪里都没法去找人……小吕留心看过大工们怎么堵洞，想了一想，就依法干起来。先用稻草填进去，（他早就背来好些稻草预备着了，背得太多了！）用铁锹立着，塞紧；然后从渠底敛起湿泥来，一锹一锹扔上去，——小吕深深感觉自己的胳臂太细，气力太小，一锹只能敛起那么一点泥，心里直着急。但是，还好，洞总算渐渐小了，终于填满了。他又仿照大工的样子，使铁锨拍实，抹平，好了！小吕这才觉得自己一身都是汗，两只腿甚至有点发颤了。水是不往外钻了，看起来也满像那么一回事，——然而，这牢靠么？

小吕守着它半天，一会儿拿手电照照，一会儿拿手电照照。好像是没有问题，得！小吕准备转到别处再看看。可是刚一转身，他就觉得新填的泥土像抹房的稀泥一样哗啦一下在他的身后瘫溃了，口子重新涮开，扩大，不可收拾！赶紧又回来。拿手电一照：没有！还是挺好的！

他走开了。

过了一会儿，又来看看，——没问题。

又过了一会儿，又来看看，——挺好！

小吕的心塌了下来。不但是这个口子挺完好，而且，他相信，再有别处钻开，他也一样能够招呼，——虽然干起来不如大工那样从容利索。原来这并不是那样困难，这比想象的要简单得多。小吕有了信心，在黑暗中很有意味地点了点头，对自己颇为满意。

所谓看水，不外就是这样一些事。不知不觉地，半夜过去了。水一直流得很稳，不但没有涨，反倒落了一点，那两个志子都离开水面有一寸了。小吕觉得大局仿佛已定。他知道，过了十二点以后，一般就不会有什么大水下来，这一夜可以平安度过。现在他一点都不觉得紧张了，觉得很轻松，很愉快。

现在，真可以休息休息了，他开始感觉有点疲倦了。

他爬上小石桥头的一棵四杈糖槭树上，半躺半坐下来。他一来时就选定了这个地方。这棵树，在不到一人高的地方岔出了四个枝杈，坐上去，正好又有靠背，又可以舒舒服服地伸开腿脚。而且坐在树上就能看得见那一根志子。月亮照在水上，水光晃晃荡荡，水面上隐隐有一根黑影。用手电一射，就更加看得清清楚楚。

今天月亮真好，——快要月半了。（幸好赶上个大月亮的好天，若是阴雨天，黑月头，看起水来，就麻烦多了！）天上真干净，透明透明、蔚蓝蔚蓝的，一点渣滓都没有，像一块大水晶。小吕还很少看到过这样渊深、宁静而又无比温柔的夜空。说不出什么道理，天就是这样，老是这样，什么东西都没有，就是一片蓝，可是天上似乎隐隐地有一股什么磁力吸着你的眼睛，你的眼睛觉得很舒服，很受用，你愿意一直对着它看下去，看下去。真好看，真美，美得叫你的心感动起来。小吕看着看着，心里总像要想起一点什么很远很远的，叫人快乐的事情。他想了几件，似乎都不是他要想的，他就在心里轻轻地唱：

哎——
月亮出来亮汪汪，亮汪汪，
照见我的阿哥在他乡……

这好像有点文不对题。但是说不出为什么，这一支产生在几千里外的高山里的有点伤感的歌子，倒是他所需要的。这和眼前情景在某些地方似乎相通，能够宣泄他心里的快乐。

四周围安静极了。远远听见大闸的水响，好像很远很远，有一群人一齐在喊："啊——"支渠里的水温静地，生气勃勃地流着，"活——活——活——"风吹着庄稼的宽大的叶片，沙拉，沙拉。远远有一点灯火，在密密的丛林后面闪耀，那是他父亲工作的医院。母亲和妹妹现在一定都睡了。他那些同屋的工人一定也都睡了。（小吕想了想现在宿舍里的样子，大家都睡得很熟，月亮照着他自己的那张空床……）一村子里的人现在都睡了（隐隐地好像听见鼾声）。露水下来了（他想起刚才堵口子时脚下所踩的草），到处都是一片滋润的，浓郁的青草的气味，庄稼的气味，夜气真凉爽。小吕在心里想："我在看水……"过了一会儿，不知为什么，又在心里想道："真好！"而且说出声来了。

小吕在树上坐了一阵，想要下来走走。他想起该到石桥底下一段渠上看看。这一段二里半长的渠，春天才挑过，渠岸又很结实，没有什么问题。但是渠水要穿过兽医学校后墙的涵洞，洞口有一个铁笼子，可能会挂住一些顺水冲下来的枯枝乱草，叫水流得不畅快。小吕翻身跳下来，扛起插在树下的铁锹，向桥下走去。

下了石桥，渠水两边都是玉米地。玉米已经高过他的头了，那么大一片，叶子那么密，黑森森的，小吕忽然被浓重的阴影包围起来，身上有点紧张。但是，一会儿，就好了。

小吕一边走着，一边顺着渠水看过去。他看见小鱼秧子抢着往水上蹿；看见泥鳅翻跟斗；看见渠岸上一个小圆洞里有一个知了爬出来，脊背上闪着金绿色的光，翅膀还没有伸展，还是湿的，软的，乳白色的。看见虾蟆叫。虾蟆叫原来是这样的！下颏底下鼓起一个白色的气泡，气泡一息：——"咕！"鼓一鼓，——"咕"鼓一鼓，——"咕！"这家伙，那么专心致意地在叫，好像天塌下来也挡不住它似的。小吕索性蹲下来，用手电直照着它，端详它老半天。嚇嗨，全不理会！这一片地里，多少虾蟆，都是这么叫着？小吕想想它们那种认真的、滑稽的样子，不禁失笑。——那是什么？是蛇？（小吕有点怕蛇）渠面上，月光下，一道弯弯的水纹，前面昂着一个小脑袋。走近去，定睛看看，不是蛇，是耗子！这小东西，游到对岸，爬上来，摇摇它的湿漉漉的，光光滑滑的小脑袋，跑了！……

小吕一路迤逦行来，已经到了涵洞前面。铁箅子上果然壅了一堆烂柴禾，——大工们都管这叫"渣积"，不少！小吕使铁锹推散，再一锹一锹地捞上来，好大一堆！渣积清理了，水好像流得快一些了，看得见涵洞口旋起小小的旋涡。

没什么事了。小吕顺着玉米地里一条近便的田埂，走回小石桥。用手电照了照志子，水好像又落了一点。

小吕觉得，月光暗了。抬起头来看看。好快！它怎么一下子就跑到西边去了？什么时候跑过去的？而且，好像灯尽油干，快要熄了似的，变得很薄了，红红的，简直不亮了，好像它疲倦得不得了，在勉强支撑着。小吕知道，快了，它就要落下去了。现在大概是夜里三点钟，大老张告诉过他，这几天月亮都是这时候落。说着说着，月亮落了，好像是嗡噜一下子掉下去似的。立刻，眼前一片昏黑。

真黑！这是一夜里最黑的时候。小吕一时什么也看不见了，过了一会儿，才勉强看得见一点模模糊糊的影子。小吕忽然觉得自己也疲倦得不行，有点恶心，就靠着糖槭树坐下来，铁锨斜倚在树干上。他的头沉重起来，眼皮直往下耷拉。心里好像很明白，不要睡！不要睡！但是不由自主。他觉得自己直往一个深深的、黑黑的地方掉下去，就跟那月亮似的，拽都拽不住，他睡着了那么一小会儿。人有时不知道自己怎么睡着了的。

忽然，他惊醒了！他觉得眼前有一道黑影子过去，他在昏糊之中异常敏锐明确地断定：——狼！一挺身站起来，抄起铁锨，按开手电一照（这一切也都做得非常迅速而准确）：已经走过去了，过了小石桥。（小吕想了想！刚才从他面前走过时，离他只有四五步！）小吕听说过，遇见狼，不能怕，不能跑，——越怕越糟；狼怕光，怕手电，怕手电一圈一圈的光，怕那些圈儿套它，狼性多疑。他想了想，就开着手电，尾随着它走，现在，看得更清楚了。狼像一只大狗，深深地低着脑袋（狗很少这样低着脑袋），耷拉着毛茸茸的挺长的尾巴（狗的尾巴也不是这样）。奇怪，它不管身边的亮光，还是那样慢吞吞地，不慌不忙地走，既不像要回过头来，也不像要拔脚飞跑，就是这样不声不响地，低着头走，像一个心事重重，哀伤憔悴的人一样。——它知道身后有人么？它在想些什么呢？小吕正在想：要不要追上去，揍它？它走过前面的路边小杨树丛子，拐了弯，叫杨树遮住了，手电的光照不着它了。小吕忖了忖手里的铁锹：算了！那可实在是很危险！

小吕在石桥顶上站了一会儿，又回到糖槭树下。他很奇怪，他并不怎么怕。他很清醒，很理智。他到糖槭树下，采取的是守势。小吕这才想起，他选择了这个地方休息，原来就是想到狼的。这个地方很保险：后面是渠水，狼不可能泅水过来；他可以监视着前面的马路；万一不行，——上树！

小吕用手电频频向狼的去路照射。没有，狼没有回来。

无论如何，可不敢再睡觉了！小吕在糖槭树下来回地走着。走了一会儿，甚至还跑到刚才决开过，经他修复了的缺口那里看了看。——一边走，一边不停地用手电四处照射。他相信狼是不会再回来了；再有别的狼，这也不大可能，但是究竟不能放心到底。

可是他越来越困。他并不怎么害怕。狼的形象没有给他十分可怕的印象。他不大因为遇见狼而得意，也不因为没有追上去打它而失悔，他现在就是困，困压倒一切。他的意识昏木起来，脑子的活动变得缓慢而淡薄了。他在竭力抵抗着沉重的、酸楚的、深入骨髓的困劲。他觉得身上很难受，而且，很冷。他迷迷糊糊地想：我要是会抽烟，这时候抽一支烟就好了！……

好容易，天模糊亮了。

更亮了。

亮了！远远近近，一片青苍苍的，灰白灰白的颜色，好像天和地也熬过了一夜，还不大有精神似的。看得清房屋，看得清树，看得清庄稼了。小吕看看他看过一夜的水，水发清了，小多了，还不到半渠，露出来一截淤泥的痕迹，流势很弱，好像也很疲倦。小吕知道，现在已经流的是"空渠水"，上游的拦河坝又封起了，不到一个小时，这渠里的水就会流完了的。——得再过几个钟头，才会又有新的水下来。果园的地大概浇完了，这点水该够用了吧？……一串铜铃声，有人了！一个早出的社员，赶着一头毛驴，驴背上驮着一个线口袋，里边鼓鼓囊囊，好像是装的西葫芦。老大爷，您早哇！好了，这真正是白天了，不会再有狼，再有漫长的、难熬的黑夜了！小吕振作一点起来。——不过他还是很困，觉得心里发虚。

远远看见果园的两个女工，陈素花和恽美兰来了。她们这么早就出来了！小吕知道，她们是因为惦着他，特为来看他来了。小吕在心里很感激她们，但是他自己觉得那感激的劲头很不足，他困得连感激也感激不动了。

陈素花给他带来了两个闷得烂烂的，滚热的甜菜。小吕一边吃甜菜，一边告诉她们，他看见狼了。他说了遇狼的经过，狼的样子。他自己都有点奇怪，他说得很平淡，一点不像他平常说话那么活灵活现的。但是陈素花和恽美

090

兰都很惊奇，很为他的平淡的叙述所感动。她们催他赶快去睡觉，说是大老张嘱咐的：叫小吕天一亮就去睡，大闸不用管了，会有人来接。

小吕喝了两碗稀饭，爬到床上，就睡着了。睡了两个钟头，醒了。他觉得浑身都很舒服，懒懒的。他只要翻一翻身，合上眼，会立刻就睡着的。但是他看了看墙上挂的一个马蹄表，不睡了。起来，到井边用凉水洗洗脸，他向果园走去。——他到果园去干什么？

果园还是那样。小吕昨天下午还在果园的，但是不知道为什么，他好像有好久没有来了似的。似乎果园一夜之间有了一些什么重大的变化似的。什么变化呢？也难说。满园一片浓绿，绿得过了量，绿得迫人。静悄悄的。绿叶把什么都遮隔了，一眼看不出五步远。若不是远远听见有人说话，你会以为果园一个人都没有。小吕听见大老张的声音，他知道，他正在西南拐角指挥几个人锄果树行子。小吕想：他浇了一夜地，又熬了一夜了，还不休息，真辛苦。好了，今天把这点活赶完，明天大家就可以休息一天，大老张说了：全体休息！过了这阵儿，就可以细水长流地干活了，一年就这么几搓紧活。小吕想：下午我就来上班。大粒白的枝叶在动，是陈素花和恽美兰领着几个参加劳动的学生在捆葡萄条。恽美兰看见小吕了，就叫：

"小吕！你来干什么？不睡觉！"

小吕说："我来看看！"

"看什么？快回去睡！地都浇完了。"

小吕穿过葡萄丛，四边看看，果园的地果然都浇了，到处都是湿湿的，一片清凉泽润、汪汪泱泱的水气直透他的脏腑。似乎葡萄的叶子都更水淋，更绿了，葡萄蔓子和皮色也更深了。小吕挺一挺胸脯，深深地吸了两口气，舒服极了。小吕想：下回我就有经验了，可以单独地看水，顶一个大工来使了，果园就等于多了半个人。看水，没有什么。狼不狼的，问题也不大。许多事都不像想象起来那么可怕……

　　走过一棵老葡萄架下，小吕想坐一坐。一坐下，就想躺下。躺下来，看着头顶的浓密的，鲜嫩清新的，半透明的绿叶，绿叶轻轻摇晃，变软，融成一片，好像把小吕也融到里面了。他眼皮一麻搭，不知不觉，睡着了。小吕头枕在一根暴出地面的老葡萄蔓上，满身绿影，睡得真沉，十四岁的正在发育的年轻的胸脯均匀地起伏着。葡萄，正在恣酣地，用力地从地里吸着水，经过皮层下的导管，一直输送到梢顶，轮送到每一片伸张着的绿叶，和累累的，已经有指头顶大小的淡绿色的果粒之中。——这时候，不论割破葡萄枝蔓的任何一处，都可以看出有清清的白水流出来，嗒嗒地往下滴……

一九六二年七月二十日改成

载一九六二年第十期《北京文艺》

王　全

马号今天晚上开会。原来会的主要内容是批评王升，但是临时不得不改变一下，因为王全把王升打了。

我到这个农业科学研究所没有几天，就听说了王全这个名字。业余剧团的小张写了一个快板，叫作《果园奇事》，说的是所里单株培育的各种瓜果"大王"，说到有一颗大牛心葡萄掉在路边，一个眼睛不好的工人走过，以为是一只马的眼珠子掉下来了，大惊小怪起来。他把这个快板拿给我看。我说最好能写一个具体的人，眼睛当真不好的，这样会更有效果。大家一起哄叫起来："有！有！瞎王全！他又是饲养员，跟马搭得上的！"我说这得问问他本人，别到时候上台数起来，惹得本人不高兴。正说着，有一个很粗的，好像吵架似的声音在后面叫起来：

"没意见！"

原来他就是王全。听别人介绍，他叫王全，又叫瞎王全，又叫俅六。叫他什么都行，他都答应的。

他并不瞎。只是有非常严重的沙眼，已经到了睫毛内倒的地步。他身上经常带着把镊子，见谁都叫人给他拔眼睫毛。这自然也会影响视力的。他的眼睛整天眯缝着，成了一条线。这已经有好些年了。因此落下一个瞎王全的名字。

这地方管缺个心眼叫"俅"，读作"俏"。王全行六，据说有点缺心眼，故名"俅六"。说是，你到他的家乡去，打听王全，也许有人不知道，若说是俅六，就谁都知道的。

这话不假。我就听他自己向新来的刘所长介绍过自己：

"我从小当长工。挑水，垫圈，烧火，扫院。长大了还是当长工。十三吊大钱，五石小米！解放军打下姑姑洼，是我带的路。解放军还没站稳脚，成立了区政府，我当通讯员：区长在家，我去站岗；区长下乡，我就是区长。就咱俩人。我不识字，还是当我的长工。我这会儿不给地主当长工，我是所里的长工。李所长说我是国家的长工。我说不来话。你到姑姑洼去打听，一问俅六，他们都知道！"

这人很有意思。在农闲排戏的时候，每天晚上他都跑到业余剧团来。有时也帮忙抬桌子，挂幕布，大半时间都没事，就定定地守着看，呵呵地笑，而且不管妨碍不妨碍排戏，还要一个人大声地议论。那议论大都非常简短："有劲！"、"不差！"最常用的是含义极其丰富的两个字："看看！"

最妙的是，我在台上演戏，正在非常焦灼，激动，全场的空气也都很紧张，他在台下叫我："老汪，给我个火！"（我手里捏着一支烟。）我只好作势暗示他"不行！"不料他竟然把他的手伸上来了。他就坐在第一排——他看戏向来是第一排，因为他来得最早。所谓第一排，就是台口。我的地位就在台角，所以咱俩离得非常近。他一面嘴里还要说："给我点个火嘛！"真要命！我只好小声地说："嘻！"他这才明白过来，又独自呵呵地笑起来。

王全是个老光棍，已经四十六岁了，有许多地方还跟个孩子似的。也许因为如此，大家说他傻。

不知道究竟为什么，他不当饲养员了。这人是很固执的，说不当就不当，而且也不说理由。他跑到生产队去，说："哎！我不喂牲口了，给我个单套车，我赶车呀！"马号的组长跟他说，没用；生产队长跟他说，也没用。队长去找所长，所长说："大概是有情绪，一时是说不通的。有这样的人。先换一个人吧！"于是就如他所愿，让他去赶车，把原来在大田劳动的王升调进马号喂马。

这样我们有时就搭了伙计。我参加劳动，有时去跟车，常常跟他的车。他嘴上是不留情的。我上车，敛土，装粪，他老是回过头来眯着眼睛看我。有时索性就停下他的铁锨，拄着，把下巴搁在锨把上，歪着头，看。而且还非常压抑和气愤地从胸膛里发出声音："嗯！"忽然又变得非常温和起来，很耐心地教我怎么使家伙。"敛土嘛，左手胳膊肘子要靠住胯膝，胯膝往里一顶，借着这个劲，胳膊就起来了。嗳！嗳！对了！这样多省劲！是省劲不是？像你那么似的，架空着，单凭胳膊那点劲，我问你：你有多少劲？一天下来，不把你累乏了？真笨！你就是会演戏！要不是因为你会演戏呀，嗯！——"慢慢地，我干活有点像那么一回事了，他又言过其实地夸奖起我来："不赖！不赖！像不像，三分样！你能服苦，能咬牙。不光是会演戏了，能文能武！你是个好样儿的！毛主席的办法就是高，——叫你们下来锻炼！"于是叫我休息，他一个人干。"我多上十多锨，就有了你的了！当真指着你来干活哪！"这是不错的。他的铁锨是全所闻名的，特别大，原来铲煤用的洋锨，而且是个大号的，他拿来上车了。一锨能顶我四锨。他叫它"跃进锨"。他那车也有点特别。这地方的大车，底板有四块是活的，前两块，后两块。装粪装沙，到了地，铲去一些，把这四块板一抽，就由这里往下拨拉。他把他的车底板全部拆成活的，到了地，一抽，哗啦——整个就漏下去了。这也有了名儿，叫"跃进车"。靠了他的跃进车和跃进锨，每天我们比别人都能多拉两趟。因此，他就觉得有权力叫我休息。我不肯。他说："唉！这人！叫你休息就休息！怕人家看见，说你？你们啊，老是怕人说你！不怕得！该咋的就是咋的！"他这个批评实在相当尖刻，我就只好听他。在一旁坐下来，等他三下五除二把车装满，下了，随他一路唱着"老王全在大街扬鞭走马！"回去。

他的车来了，老远就听见！不是听见车，是听见他嚷。他不大使唤鞭子，除非上到高坡顶上，马实在需要抽一下，才上得去，他是不打马的。不使鞭子，于是就老嚷：

"喔喝！喔喝！咦喔喝！"

还要不停地跟马说话，他说是马都懂的。絮絮叨叨，没完没了。本来是一些只能小声说的话，他可是都是放足了嗓子喊出来的。——这人不会小声说话。这当中照例插进许多短短的亲热的野话。

有一回，从积肥坑里往上拉绿肥。他又高了兴，跃进锹多来了几锹，上坑的坡又是暄的，马怎么也拉不上去。他拼命地嚷：

"喔喝！喔喝！咦喔喝！"

他生气了，拿起鞭子。可忽然又跳在一边，非常有趣地端详起他那匹马来，说：

"笑了！咦！笑了！笑啥来？"

这可叫我忍不住扑哧笑了。马哪里是笑哩！它是叫嚼子拽得在那里咧嘴哩！这么着"笑"了三次，到了也没上得去。最后只得把装到车上去的绿肥，又挖出一小半来，他在前头领着，我在后面扛着，才算上来了。

他这匹马，实在不怎么样！他们都叫它青马，可实在是灰不灰白不白的。他说原来是青的，可好看着哪！后来就变了。灰白的马，再搭上红红的眼皮和嘴唇，总叫我想起堂吉诃德先生，虽然我也不知道堂吉诃德先生的马到底是什么样子的。他说这是一匹好马，干活虽不是太顶事，可是每年准下一个驹。

"你想想，每年一个！一个骡子一万二，一个马，八千！它比你和我给国家挣的钱都多！"

他说它所以上不了坡，是因为又"有"了。于是走一截，他就要停下来，看看马肚子。用手摸，用耳朵贴上去听。他叫我也用手放在马的后胯上部，摸，——我说要摸也是摸肚子底下，马怀驹子怎么会怀到大腿上头来呢？他大笑起来，说："你真是外行！外行！"好吧，我就摸。

"怎么样？"

"热的。"

"见你的鬼！还能是凉的吗？凉的不是死啦！叫你摸，——小驹子在里面动哪！动不动？动不动？"

我只好说："——动。"

后来的确连看也看出小驹子在动了，他说得不错。可是他最初让我摸的时候，我实在不能断定到底摸出动来没有；并且连他是不是摸出来了，我也怀疑。

我问过他为什么不当饲养员了，他不说，说了些别的话，片片段段的，当中又似乎不大连得起来。

他说马号组的组长不好。旗杆再高，还得有两块石头夹着；一个人再能，当不了四堵墙。

可是另一时候，我又听他说过组长很好，使牲口是数得着的，这一带地方也找不出来。又会修车，小小不言的毛病，就不用拿出去，省了多少钱！又说他很辛苦，晚上还老加班，还会修电灯，修水泵……

他说，每回评先进工作者，红旗手，光凭嘴，净评会说的，评那会做在人面前的。他就是看不惯这号人！

他说，喂牲口是件操心事情。要熬眼。马无夜草不肥。要把草把料——勤倒勤添，一把草一把料地喂。搁上一把草，洒上一层料，有菜有饭地，它吃着香。你要是不管它，哗啦一倒，它就先尽料吃，完了再吃草，就不想了！

牲口嘛！跟孩子似的，它懂个屁事！得一点一点添。这样它吃完了还想吃，吃完了还想吃。跟你似的，给你三大碗饭，十二个馒头，都堆在你面前！还是得吃了一碗再添一碗。马这东西也刁得很。也难怪。少搁，草总是脆的，一嚼，就酥了。你要是搁多了，它的鼻子喷气，把草疙节都弄得蔫筋了，它嚼不动。就像是脆锅巴，你一咬就酥了；要是蔫了，你咬得动么，——咬得你牙疼！嚼不动，它就不吃！一黑夜你就老得守着侍候它，甭打算睡一点觉。

　　说，咱们农科所的牲口，走出去，不管是哪里，人们都得说："还是人家农科所的牲口！"毛色发亮，屁股蛋蛋都是圆的。你当这是简单的事哩！

　　他说得最激动的是关于黑豆，他说得这东西简直像是具有神奇的效力似的。说是什么东西也没有黑豆好。三斗黄豆也抵不上一斗黑豆。不管什么乏牲口，拿上黑豆一催，一成黑豆，三成高粱，包管就能吃起来。可是就是没有黑豆。

　　"每年我都说，俺们种些黑豆，种些黑豆。——不顶！"

　　我说："你提意见嘛！"

　　"提意见？哪里我没有提过个意见？——不顶！马号的组长！生产队！大田组！都提了——不顶！提意见？提意见还不是个掰！"

　　"你是怎么提意见的？一定是也不管时候，也不管地方，提的也不像是个意见。也不管人家是不是在开会，在

099

算账，在商量别的事，只要你猛然想起来了，推门就进去：'哎！俺们种点黑豆啊！'没头没脑，说这么一句，抹头就走！"

"咦！咋的？你看见啦？"

"我没看见，可想得出来。"

他笑了。说他就是不知道提意见还有个什么方法。他说，其实，黑豆牲口吃了好，他们都知道，生产队，大田组，他们谁没有养活过个牲口？可是他们要算账。黄豆比黑豆价钱高，收入大。他很不同意他们这种算账法。

"我问你，是种了黄豆，多收入个几百元——嗯，你就说是多收入千数元，上算？还是种了黑豆，牲口吃上长膘、长劲，上算？一个骡子一万二！一个马八千！我就是算不来这种账！嗯！哼，我可知道，增加了收入，这笔账算在他们组上；喂胖了牲口，算不到他们头上！就是这个鬼心眼！我俩，这个我可比谁都明白！"

他越说越气愤，简直像要打人的样子。是不是他的不当饲养员，主要的原因就是不种黑豆？看他那认真、执着的神情，好像就是的。我对于黄豆、黑豆，实在一无所知，插不上嘴，只好说："你要是真有意见，可以去跟刘所长提。"

"他会管么？这么芝麻大的事？"

"我想会。"

过了一些时，他真的去跟刘所长去提意见了。这可真是一个十分新鲜、奇特、出人意表的意见。不是关于黄豆、黑豆的，要大得多。那天我正在刘所长那里。他一推门，进来了：

"所长，我提个意见。"

"好啊，什么意见呢？"

"我给你找几个人，把你所里这点地包了！三年，我包你再买这样一片地。说的！过去地主手里要是有这点地，几年工夫就能再滚出来一片。咱们今天不是给地主做活，大伙全泼上命！俺们为什么还老是赔钱，要国家十万八万的往里贴？不服这口气。你叫他们别搞什么试验研究了，赔钱就赔在试验研究上！不顶！俺们祖祖辈辈种地，也没听说过什么试验研究。没听说过，种下去庄稼，过些时候，拔起来看看，过些时拔起来看看。可倒好，到收割的时候倒省事，地里全都光了！没听说过，还给谷子盖一座小房！你就是试验成了，谁家能像你这么种地啊？嗯！都跑到谷地里盖上小房？瞎掰嘛！你要真能研究，你给咱家所里多挣两个，嗯！不要国家贴钱！嗯！我就不信技师啦，又是技术员啦，能弄出个什么名堂来！上一次我看见咱们邵技师锄地啦，哈哈，老人家倒退着锄！就凭这，一个月拿一百多，小二百？赔钱就赔在他们身上！正经！你把地包给我，莫让他们胡糟践！就这个意见，没啦！"

刘所长尽他说完，一面听，一面笑，一直到"没啦"，才说：

"你这个意见我不能接受。我这个所里不要买地。——你上哪儿去给我买去啊？咱们这个所叫什么？——叫农业科学研究所。国家是拿定主意要往里赔钱的，——如果能少赔一点，自然很好。咱们的任务不是挣钱。倒退着锄地，自然不大好。不过你不要光看人家这一点，人家还是有学问的。把庄稼拔起来看，给谷子盖房子，这些道理一下子跟你说不清。农业研究，没有十年八年，是见不出效果的。但是要是有一项试验成功了，值的钱就多啦，你算都算不过来。我问你，咱们那一号谷比你们原来的小白苗是不是要打得多？"

"敢是！"

"八个县原来都种小白苗，现在都改种了一号谷，你算算，每年能多收多少粮食？这值到多少钱？咱们要是不赔钱呢，就挣不出这个钱来。当然，道理还不只是赔钱、挣钱。我要到前头开会去，就是讨论你说的拔起庄稼来看，给谷子盖小房这些事。你是个好人，是个'忠臣'，你提意见是好心。可是意见不对。我不能听你的。你回去想想吧。王全，你也该学习学习啦。听说你是咱们所里的老文盲了。去年李所长叫你去上业余文化班，你跟他说：'我给你去拉一车粪吧！'是不是？叫你去上课，你宁愿套车去拉一车粪！今年冬天不许再溜号啦，从'一'字学起，从'王全'两个字学起！"

刘所长走了，他指指他的背影，说：

"看看！"

一缩脑袋，跑了。

这是春天的事。这以后我调到果园去劳动，果园不在所部，和王全见面说话的机会就不多了。知道他一直还是在赶单套车，因为他来果园送过几回粪。等到冬天，我从果园回来，看见王全眼睛上蒙着白纱布，由那个顶替他原来职务的王升领着。我问他是怎么了，原来他到医院开刀了。他的沙眼已经非常严重，是刘所长逼着他去的，说公家不怕花这几个钱，救他的眼睛要紧。手术很成功。现在每天去换药。因为王升喂马是夜班，白天没事，他俩都住在马号，所以每天由王升领着他去。

过了两天，纱布拆除了，王全有了一双能够睁得大大的眼睛！可是很奇怪，他见了人就抿着个大嘴笑，好像为了眼睛能够睁开而怪不好意思似的。他整个脸也似乎清亮多了，简直是年轻了。王全一定照过镜子，很为自己的面容改变而惊奇，所以觉得不好意思。不等人问，他就先回答了：

"敢是，可爽快多了，啥都看得见！这是一双眼睛了。"

他又说他这眼不是大夫给他治的，是刘所长给他治的，共产党给他治的。逢人就说。

拆了纱布，他眼球还有点发浑，刘所长叫他再休息两天，暂时不要出车。就在这两天里，发生了这么一场事，他把王升打了。

王升到所里还不到三年。这人是个"老闷"，平常一句话也不说。他也没个朋友，也没有亲近一点人。虽然和大家住在一个宿舍里，却跟谁也不来往。工人们有时在一起喝喝酒，没有他的事。大家在一起聊天，他也不说，也

103

不听，就是在一边坐着。他也有他的事，下了班也不闲着。一件事是鼓捣吃的。他食量奇大，一顿饭能吃三斤干面。而且不论什么时候，吃过了还能再吃。甜菜、胡萝卜、蔓菁疙瘩、西葫芦，什么都弄来吃。这些东西当然来路都不大正大。另一件事是整理他的包袱。他床头有个大包袱。他每天必要把它打开，一件一件地反复看过，折好，——这得用两个钟头，因此他每天晚上一点都不空得慌。整理完了，包扎好，挂起来，老是看着它，一直到一闭眼睛，立刻睡着。他真能置东西！全所没一个能比得上。别人给他算得出来，他买了几床盖窝，一块什么样的毛毯，一块什么线毯，一块多大的雨布……他这包袱逐渐增大。大到一定程度，他就请假回家一次。然后带了一张空包袱皮来，再从头攒起。他最近做了件叫全所干部工人都非常吃惊的事：一次买进了两件老羊皮袄，一件八十，另一件一百七！当然，那天立刻就请了假，甚至没等到二十八号。

二十八号，这有个故事。这个所里是工资制，双周休息，每两周是一个"大礼拜"。但是不少工人不愿意休息，有时农忙，也不能休息。大礼拜不休息，除了工资照发外，另加一天工资，习惯叫作"双工资"。但如果这一个月请假超过两天，即大礼拜上班，双工资也不发。一般工人一年难得回家一两次，一来一去，总得四五天，回去了就准备不要这双工资了。大家逐渐发现，觉得非常奇怪：王升常常请假，一去就是四天，可是他一次也没扣过双工资。有人再三问他，他嘻嘻地笑着，说，"你们别去告诉领导，我就告诉你。"原来：他每次请假都在二十八号（若是大尽就是二十九）！这样，四天头里，两天算在上月，两天算在下月，哪个月也扣不着他的双工资。这事当然就传开了。凡听到的，没有个不摇头叹息：你说他一句话不说，他可有这个心眼儿！——全所也没有比他更精的了！

他吃得多，有一把子傻力气，庄稼活也是都拿得起的。要是看着他，他干活不比别人少多少。可是你哪能老看着他呢？他待过几个组，哪组也不要他。他在过试验组。有一天试验组的组长跟他说，叫他去锄锄山药秋播留种的地，——那块地不大，一个人就够了。晌午组长去检查工作，发现他在路边坐着，问他，他说他找不到那块地！组长气得七窍生烟，直接跑到所长那里，说："国家拿了那么多粮食，养活这号后生！在我组里干了半年活，连哪块地在哪里他都不知道！吃粮不管闲事，要他做啥哩！叫他走！"他在稻田组待过。插秧的时候，近晌午，快收工了，组长一看进度，都差不多。他那一畦，也快到头了，就说钢厂一拉汽笛，就都上来吧。过了一会，拉汽笛了，他见别人上了，也立刻就上来到河边去洗了腿。过了两天，组长去一看，他那一畦齐刷刷地缺了八仙桌那么大一块！稻田组长气得直哼哼。"请吧，你老！"谁也不要，大田组长说："给我！"这大田组长出名地手快，他在地里干活，就是庄户人走过，都要停下脚来看一会儿的。真是风一样的！他就老让王升跟他一块干活。王升也真有两下子，不论是锄地、撒粪……拉不下多远。

一晃，也多半年了，大田组长说这后生不赖。大家对他印象也有点改变。这回王全不愿喂牲口了，不知怎么就想到他了。想是因为他是老闷，不需要跟人说话，白天睡觉，夜里整夜守着哑巴牲口，有这个耐性。

　　初时也好。慢慢地，车倌就有了意见，因为牲口都瘦了。他们发现他白天搞吃的，夜里老睡觉。喂牲口根本谈不上把草把料，大碗儿端！最近，甚至在马槽里发现了一根钉子！于是，生产队决定，去马号开一个会，批评批评他。

　　这钉子是在青马的槽里发现的！是王全发现的。王全的眼睛整天蒙着，但是半夜里他还要瞎戳戳地摸到马圈里去，伸手到槽里摸，把蔫筋的草节拨出去。摸着摸着，他摸到一根冰凉铁硬的，——放在嘴里，拿牙咬咬：是根钉子！这王全浑身冒火了，但是，居然很快就心平气和下来。——人家每天领着他上医院，这不能不起点作用。他拿了这根钉子，摸着去找到生产队长，说是无论如何得"批批"他，这不是玩的！往后筛草、打料一定要过细一点。

　　前天早上反映的情况，连着两天所里有事，决定今天晚上开会。不料，今天上午，王全把王升打了，打得相当重。

　　原来王全发现，王升偷马料！他早就有点疑心，没敢肯定。这一阵他眼睛开刀，老在马号里待着，仿佛听到一点动响。不过也还不能肯定。这两天他的纱布拆除

106

了，他整天不出去，原来他随时都在盯着王升哩。果然，昨天夜里，他看见王升在门背后端了一大碗煮熟的料豆在吃！他居然沉住了气，没有发作。因为他想：单是吃，问题还不太大。今天早上，他乘王升出去弄甜菜的时候，把王升的枕头拆开：——里面不是塞的糠皮稻草，是料豆！一不做二不休，翻开他那包袱，里边还有一个枕头，也是一枕头的料豆。——本来他带了两个特大的枕头，却只枕一个；每回回去又都把枕头带回去，这就奇怪。"嗯！"王全把他的外衣脱了，等着。王升从外面回来，一看包袱里东西摊得一床，枕头拆开了；再一看王全那神情，连忙回头就跑。王全一步追上，大拳头没头没脑地砸下来，打得王升孩子似的哭，爹呀妈地乱叫，一直到别人闻声赶来，剪住王全的两手，才算住。——王升还没命地号哭了半天。

这样，今天的会的内容不得不变一下，至少得增加一点。

但是改变得也不多。这次会是一个扩大的会，除了马号全体参加外，还有曾经领导过王升的各个组的组长，和跟他在一起干过活的老工人。大家批评了王升，也说了王全。重点还是在王升，说到王全，大都是带上一句：——"不过打人总是不对的，有什么情况，什么意见，应当向领导反映，由领导来处理。"有的说："牛不知力大，你要是把他打坏了怎办？"也有人联系到年初王全坚决不愿喂马，这就不对！关于王升，可就说起来没完了。他撒下一大块秧来就走这一类的事原来多着哩，每个人一说就是小半点钟！因此这个会一直开到深夜。最后让王升说说。王升还是那样，一句话没有，"说不上来"。再三催促，还是"说不上来"。大家有点急了，问他："你偷料豆，对不对？"——"不对。""马草里混进了钉子,对不对？"——"不对。"……看来实在挤不出什么话来了，天又实在太晚，明天还要上班，只好让王全先说说。

"嗯！我打了他，不对！嗯！解放军不兴打人，打人是国民党。嗯！你偷吃料豆，还要往家里拿！你克扣牲口。它是哑巴，不会说话，它要是会说话，要告你！你剥削它，你是资本家！是地主！你！你故意拿钉子往马槽里放，你安心要害所里的牲口，国家的牲口！ × 你娘的！你看看，你把俩牲口喂成啥样了？"

说着，一把揪住王升，大家赶紧上来拉住，解开，才没有又打起来。这个会暂时只好就这样开到这里了。

过了两天，我又在刘所长那里碰见他。还是那样，一推门，进来了，没头没脑：

"所长，我提个意见。"

"好啊。"

"你是个好人！是个庄户佬出身！赶过个车，养活过个牲口！你是好人！是个共产党！你如今又领导这些技师啦技术员的，他们都服你——"

看见有我在座，又回过头来跟我说：

"看看！"

这是怎么一回事呢？原来所里在拟定明年的种植计划，让大家都来讨论，这里边有一条，是旱地一号地六十亩全部复种黑豆！

一边说着，一边把他的衣兜往桌上一掀，倒得一桌子都是花生。非常腼腆地说：

"我侄儿子给我捎来五斤花生。"

说完了抹头就走。

刘所长叫住他：

"别走。你把人家打了，怎么办呢？"

"我去喂牲口呀。"

"好。把你的花生拿去，——我不'剥削'你，人家是给你送来的！"

王全赶紧拉开门就跑，头都不回，生怕刘所长会追上来似的。——后来，这花生还是刘所长叫他的孩子给他送回去了。

过了一个多月，所里的冬季文化学习班办起来，王全来报了名，是刘所长亲自送他来上学的。我有幸当了他的启蒙老师。可是我要说老实话，这个学生真不好教，真也难怪他宁可套车去拉一车粪。他又不肯照着课本学，一定先要教会他学会四个字。他用铅笔写了无数遍，终于有了把握了，就把我写对子用的大抓笔借去，在马圈粉墙上写下四个斗大的黑字：

"王全喂马"。

字的笔画虽然很幼稚，但是写得恭恭正正，一笔不苟。

谁都可以看出来，这四个字包含很多意思，这是一个人一辈子的誓约。

王全喂了牲口，生产队就热闹了。三天两头就见他进去：

"人家孩子回来，也不吃，也不喝，就是卧着，这是使狠了，累乏了！告他们，不能这样！"

"人家孩子快下了，别叫它驾辕了！"

"人家孩子"怎样怎样了……

我在这个地方待了一些时候了，知道这是这一带的口头语，管小猫小狗、小鸡小鸭，甚至是小板凳，都叫作"孩子"。但是这无论如何是一种爱称。尤其是王全说起来，有一种特殊的味道。那么高大粗壮的汉子，说起牲口来，却是那么温柔。

我离开这个农业科学研究所已经好几个月了，王全一直在喂马。现在，在我写这篇文章的时候，他就正在喂着马。夜已经很深了。这会儿，全所的灯都一定已经陆续关去，连照例关得最晚的刘所长和邵技师的屋里的灯也都关了。只有两处的灯还是亮着的。一处是大门外植保研究室的诱捕灯，这是通夜不灭的，现在正有各种虫蛾围绕着飞舞。一处是马圈。灯光照见槽头一个一个马的脑袋。它们正在安静地、严肃地咀嚼着草料。时不时地，喷一个响鼻，摇摇耳朵，顿一顿蹄子。僦六——王全，正在夹着料笸箩，弯着腰，无声地忙碌着，或者停下来，用满怀慈爱的、喜悦的眼色，看看这些贵重的牲口。

王全的胸前佩着一枚小小的红旗，这是新选的红旗手的标志。

　　"看看！"

载一九六二年十一月《人民文学》

塞下人物记

一 陈银娃

农民大都能赶车，但不是所有的农民都能当一个出色的车倌。

星期天，有三辆马车要到片石山去拉石头。我那天没有什么事，就提出跟他们的车到片石山看看。我在这个地方住了一年多了，每天上午十一点半，下午五点半，都听见片石山放炮。风雨无阻，准时不误。一直想去看看。片石山就是采石场。不知道为什么本地人都叫它片石山。

马车一进山，不由得人要挺挺胸脯，深吸一口气。这是个雄壮的地方。采石的山头已经劈去了半个，露出扇面一样的青灰色的石骨，间或有几条铁锈色蜿蜒的纹道。这石骨是第一次接触空气呀。人，是了不起的。一个老把式正在清除残石。放了炮，并不是所有的石头都崩落下来，有一些仍粘连在石壁上。老把式在腰里系了一根粗绳，绳头固定在山顶，他悬在半空，拿了一根钢钎，这里捅一下，那里戳一下，——轰隆！门板大的石块就从四五层楼那样的高处落到地面。

这是个石头的世界。到处是石头。

好些人在干活，搬运石头。他们把石头按大小块分别堆放。这些石头各有不同用处。大的可制碾盘、磨扇，重量都在千斤以上。有两个已经斲好的石磨就在旁边搁着。中等的有四五百斤，可做阶石、刻墓碑。小块的二三十斤、四五十斤不等，砌墙，垒堤坝。搬运石头，没有工具。四五百斤，就是搁在后腰上背着，——有的垫一条麻袋。他们都是不出声地，慢慢地，一步一步地走着。不唱歌，也不喊号子。那么多的人在活动，可是山里静悄悄的。

三辆大车装满了石头，——都是小块的。下山的路，车走得很快。三辆三套大车，前后相跟，九匹马，三十六只马蹄，郭答郭答响成一片，很威风，很气派。忽然，头一辆车"误"住了。快到平地时，有一个坑。前天下过雨，积水未干。不知道是谁，拿浮土把它垫了。上山是空车不觉得。下山是重载，一下子崴在里面了。

车倌是个很精干，也很要强的小伙子。叭——叭！接连抽了几鞭子，——没上来。他跳下车，拿铁锹把胶皮轱辘前面的土铲去一些，上车又是几鞭子。"哦嗬！——咦哦嗬！"不顶！车倌的脸通红，"咳！我日你妈！"手里的鞭子抽得山响，辕马和拉套的马一齐努力，马蹄子乱响，嗶里叭啦！嗶里叭啦！还是不顶！越陷越深，车身歪得厉害，眼见得这辆车要"扣"。第二辆车上的是个老车倌，跳下来，到前面看了看，说："卸吧！"

这一车石头，卸下来，再装上，得多少时候？正在这时，第三辆上的车倌高声喊道："陈银娃来啦！"

我听人们说起过陈银娃，没见过。

陈银娃是个二十五六的小伙子，眉清目秀，穿了一副大红牡丹花的"腰子"，布衫搭在肩头。——这一带夏天一天温差很大，"早穿皮袄午穿纱"，男人们兴穿一种薄棉的紧身背心，叫做"腰子"。"腰子"的布料都很鲜艳。六七十岁的老汉也穿红的，年轻人就不用提了。像陈银娃穿的这件大红牡丹花的"腰子"，并非罕见。

老车倌跟银娃说了几句话。银娃看了看车上的石头，说："你们真敢装！这一车够四千八百斤！"又看了看三匹马，称赞道："好牲口！"然后掏出烟袋，点了一锅烟，说："牲口打毛了，它不知道往哪里使劲，让它缓一缓。"

三锅烟抽罢，他接过鞭子，腾地跳上车辕，甩了一个响鞭，"叭——！"三匹牲口的耳朵都竖得直直的。"喔嗬！"辕马的肌肉直颤。紧接着，他照着辕马的两肩之间狠抽了一鞭，辕马全身力量都集中在两只前腿上，往前猛力一蹬，挽套的马就势往前一冲，——车上来了。

他跳下车，把鞭子还给车倌。

三个车倌同声向他道谢，"嗳！谢啥咧！"他已经走进了高粱地。只见他的黑黑的头发和大红牡丹花的"腰子"在油绿油绿的高粱丛中一闪一闪，走远了。

老车馆告诉我，陈银娃赶车是家传。他父亲就是一个有名的车倌。有人曾经跟他打赌；那人戴了一顶毡帽，银娃的父亲一鞭子抽过去，毡帽劈成了两半，那人的头皮却纹丝未动。

也有人说，没有那么回事。

二　王大力

小车站有个搬运队，有二十几个人。他们搬运的东西主要是片石山下来的石头。车站两边的月台上经常堆满了石料。他们每天要把四五百斤一块的石头，一块一块地背上火车去。他们也是那样不声不响地工作者，迈着稳稳的步子，一步一步走上月台和车厢之间的跳板。

他们的宿舍就在离车站不远的路边。夏天中午路过时，可以看到他们半躺在铺上休息，有的在抽烟。他们似乎在休息时也是不声不响的。

有时有一个女人上他们宿舍来。她带着一个包袱，打开来，把拆洗缝补好的衣服分送给几个人，又收走一些换下来的衣服。这个女人也不说话，也是那么不声不响的。搬运工人对她好像很尊重。她来了，躺着的就都坐起来。这女人有五十上下年纪。

有人告诉我，这是王大力的媳妇。

王大力也是个搬运工，前五年死了。

大家都叫他王大力，没有多少人知道他的真名字。

离车站二里有一个扬旗。扬旗对面有一座孤山头，人们就叫它孤山。——这一带的山都是当地人依山的形貌取的名字，如孤山、红山、马脊梁山。孤山不算很高，不过爬到山顶，周围几十里都看得清清楚楚。我曾经上去过。空着手也不能一口气走到山顶，当中总得歇一会。有人跟王大力打赌，问他能不能扛三麻袋绿豆一口气上山。粮食里最重的是绿豆。一麻袋绿豆二百七十斤。三麻袋，八百多斤。王大力一口气扛上去了，跟没事似的。

他吃两个人的饭，干三个人的活。

有一次，火车过了扬旗，已经拉了汽笛，王大力发现，轨道上有一堆杉篙，——不知道这是谁干的事。他二话没说，跳下月台，一手抓起一根，乒乒乓乓往月台上扔。最后一根杉篙扔上去，火车到了。他爬上月台，脱了力，瘫下来，死了。

火车一阵风似的开过去了，谁也不知道车站上发生过什么事。

他留下一个媳妇，一个儿子。现在，他原先的同伴共同养活着他的家属。他们按月凑齐了钱，给他的老伴送去。她就给这些搬运工缝缝补补，洗洗涮涮。

孤山下有两间矮矮的房子，碱土抹墙，青瓦盖顶，房顶上爬着瓜藤。有人指给我看："那就是王大力的家。"

人们每年都要念叨："王大力死了三年了"，"王大力死了四年了"，"王大力死了五年了"……

三　说话押韵的人

我要到宁远铁厂的仓库去办一点事，找一个捡粪的老人问路。他告诉我，起这里一直往东，穿过一片大叶桑树。多会看见地皮通红，不远就是铁厂仓库。我道了谢，往前走。忽然发现：嗯？这人说话是押韵的？

这人有六十开外年纪，还一点不显衰老。他是一个退休的工人，现在的任务是看守着一堆焦炭。这堆焦炭是大炼钢铁的时候存下来的。不老少，像一座小山。不知道为什么，一直不处理，也不运走，一直就在一片空地上放着。从夏天到冬天，一直放着。

他就在路边一间泥墙瓦顶的房子里住着，一个人。这间房子原是大炼钢铁时的指挥所，现在还可以看到贴在墙上的褪了色的标语。

他是个不安于闲坐的人，不常在家。但是你可以走进去，一切自便。门锁着，熟人都知道钥匙藏在什么地方。口渴了，喝水。他随时都温着一大锅开水。天气冷，可以烧一把豆秸火烤烤。甚至还可以掏出几个山药放在火里烤熟了吃。山药就在麻袋里放着，放在一个显眼的地方，敞着口。

他每天出去巡视几遍，看看那一堆焦炭。其余时间，多半是去捡粪。

不远的田地上矗立着一排一排土高炉，整整齐齐，四四方方。再过三五年，没有见过大炼钢铁的盛景的年轻人将会不知道这些黄土筑成的方形建筑物是干什么用的。也许会以为这是古代一场什么战争留下的遗物。——这地方是李克用的故乡，说不定有一个考古学家会考证出这跟沙陀国有关。当年，这个地方曾经是炉火通红，照亮了半个天，——吓得几十里之内的狼都把家搬进深山里去了。现在呢，这些土高炉已经无声无息。里面毫无例外，全都结了一层厚厚的焦子。焦子结实得很。刨不动，凿不开。除非用炸药才能把它炸碎。可是谁也没想起用炸药来炸它。因此，在这片本来是好地的田野上就一直保留着一群古迹。这些古迹有一个很大的优点，既避风，走进去外面又看不见，于是就变成过往行人的一个合乎理想的厕所。这个退休工人每天就到高炉里去捡粪，在那座焦炭山旁边堆成了另一座山。这座粪山高到一定程度，他就通知公社套车来把它拉走。

我和别人到他的小屋里去过几次，喝过水，烤过火，都没有见到他。人们告诉我，他只有三顿饭时在家。

冬天，我又和别人路过他的家，他在。那是前半晌，他已经在做饭了。我说："这么早就做饭？"别人说："他到冬天都是吃两顿。"他把小米饭焖上，说：

"三顿饭一顿吃两碗，
两顿饭一顿吃三碗。
算来算去一边儿多，

就是少抓一道儿锅。"①

人们告诉过我，这人说话从来就是这样，张口就押韵。我活到这么大，还没有遇见过一个说话全部押韵的人。莫里哀喜剧里的汝尔丹说了四十年散文，此人说了六十年韵文！

他的韵押得还很精巧。不是一韵到底，是转韵的。而且很复杂。除了两个"碗"字互押，"多"与"锅"押；"一边儿"、"一道儿"也是相押的。节奏也很灵活，不是像快板或是戏曲，倒像是口语化的新诗。他说话还有个特点，很形象。结构方法也和一般人不一样。

这个人并不爱滑稽逗乐，平常连话也不多，就是说起话来就押韵，真怪！

四　乡下的阿基米德

阿基米德，古希腊学者。生于叙拉古。曾发现杠杆定律和阿基米德定律，确定许多物体的表面积和体积的计算方法，并设计了多种机械和建筑物。罗马进犯叙拉古时，他应用机械技术来帮助防御，城破时被害。——《辞海》

此人可以说是其貌不扬。长脸，很长。鼻子下面的人

———————————

① 此地方言，把锅烧热了做饭，叫做"抓"。

中也特别的长。他有两个特点。一个是脾气好。多会也没见他和人红过脸嚷嚷过。不论是开会，是私底下，他总是慢条斯理的说话，脸上带着笑，眯缝着眼，有一点结巴，不厉害。他不是随风倒的人，凡事自有主见。但是表达的方式很含蓄，很简短。对某人的行为不以为然，只是说："看看！——这人！"对某种意见不同意，只是说："嗯！——说的！"因此得了个外号；老蔫。另一个特点是，内秀。

他是这个农业科学研究所的老工人了。主要工作是管理马铃薯试验园，但这只是相对固定。哪里需要人，他就被调去。大田、果园、菜园、都干过。粉房的师傅请假回家探亲，他去漏几天粉。酒厂的师傅病了，他去烧两锅。过年杀猪，那是他的活。骡马得了小病，不用送兽医院，他会扎针。他是个好木匠，能开料，能算工。什么地方开农具革新展览会，所里总是派他去。回来后，不用图纸，两三天内，他就能照样鼓捣出几件。

他有一对好耳朵，一个好记性。不论什么乐器，凡是他见过的，他都能摆弄，甭管是横的，竖的，吹的，拉的，弹的。他不识谱，一般的曲子，他听两遍，就能背下来。所里有个李技师，业余爱拉小提琴。这玩意工人们没有见过，给它起了个名儿，叫"歪脖拉"。他很爱这洋乐器，常常到李技师屋里去看他拉，听他拉。有一次李技师被所长请去研究问题。回来时听见有人在他屋下拉他常拉的练习曲。心想：这是谁呀？推门一看，是他！李技师当时目瞪口呆了半天。

　　为了旱涝保收，所里决定冬天打井。没有人会。派他到公社打井队住了一个星期，回来，支起架子就开工了。两个冬天，打出了八口井。再打两口，就完成了计划。打井不能打打停停，因此得三班倒。为了提高效率，搞了竞赛，逐日公布各班进度。在手的这口井已经打穿了沙层，打到石层了，一两天就能出水了。井筒、油毡都已经准备好，净等着敲锣打鼓报喜了。打到石层，可就费劲了。一班出不了多少活。夜班的带班的是个干部。他搞了点物质刺激，说是拿下多少进度，他买五包牡丹烟请客。这一下，哥儿几个玩了命，而且违反了操作规程，该起锥时不起锥，该灌泥浆时不灌，一个劲地把井锥往下砸。——一下把个井锥夹住了，起不出来了。全班十二个棒小伙子鼓揪了多半夜，人人汗透了棉袄，这井锥像是生了根，动都不动，他娘的！

　　天亮了，全所的干部、工人轮流来看过，出了很多主意，全都不解决问题，锥还是一动不动。大家都很丧气。得！费了半个月，四百四十个工，还扔了一个崭新的火箭锥，这口井报废了。

　　老蔫来看了看，围着井转了几围，坐下来愣了半天神。后晌，他找了几个工人，扛来三十来根杉篙，一大捆粗铁丝。先在井架四角立了四根柱子，然后把杉篙横一根竖一根用铁丝绑紧，一头绑在锥杆上，一头坠了一块千数来斤重的大石头。都弄完了，天已经擦黑了。他拍拍手，对几个伙计说:"走! 吃饭! 饿了!" 工人们走来,看看这个奇形怪状的杉木架子,都纳闷;"这是闹啥咧?" 我也来看了看,心里有点明白。凭我那点物理学常识,我知道这是一套相当复杂的杠杆。

天刚刚亮,一个工人起来解手,大声嚷嚷起来:"嗨!起来啦! 井锥起来啦!"

老蔫来看看,没有说什么话。还跟平常一样,扛着铁锹下地,脸上笑眯眯的。

按说,他够当一个劳模。几年来的评选会上,都提了他。但是领导不同意。原因很简单:他不是党员。

五 俩老头

郭老头、耿老头,俩老头。这两个老头,从前面看,像五十岁;从后面看像三十岁,他们今年都已经做过七十整寿了。身体真好! 郭老头能吃饭。斤半烙饼卷成一卷,捏在手里,蘸一点汁,几口就下去了。他这辈子没有牙疼过。耿老头能喝酒。他拿了茶碗上供销社去打酒,一手接酒,一手交钱。售货员找了钱给他,他亮着个空碗:"酒呢?" 售货员有点忧伤:记得是打给他了呀! ——售货员低头数钱的功夫,二两酒已经进了他的肚了。俩老头非常"要好"——这地方的方言,"要好" 是爱干净爱整齐的意思。不论什么时候,上唇的胡子平崭乌黑,下巴的胡子刮得溜光。浑身的衣服,袖子是袖子,领子是领子,一个纽扣也不短。俩老头还都爱穿撒鞋，斜十字实纳帮，皮梁、荡底，是托人在北京步云斋买的。这种鞋过去是专门卖给抬轿的轿夫穿的，后来拉包月车的车夫也爱穿，抱脚，精神！俩老头焦不离孟，孟不离焦。年下办年货，一起去，四月十八奶奶庙庙会，一起去；开会，一起到场；送人情出份子，一起进门。生产队有事找他们，队长总是说："去！找找俩老头！""俩老头"不是"两个老头"的意思，是说他们特别亲密的关系。类似"哥俩"、"姐俩"。按说应该叫他们"老头俩"，不过没有这么说话的，所以人们只能叫他们"俩老头"。

两个老头现在都是生产队的技术顾问。郭老头精通瓜菜，也懂大田；耿老头精通大田，也懂瓜菜。

两个人的身世可不一样。

我第一次遇见郭老头是在一个卖老豆腐的小饭铺里。他坐在我对面，我对他看了又看，总觉得他脸上有点什么地方和别人不大一样。他看着我，知道我心里琢磨什么，搭了碴："耳朵"。可不是！他的耳朵没有耳轮。"你拿牙咬咬！"那可不行，哪能咬人的耳朵呢！"那你用手撕撕！"我也没有撕，倒真用手指头捏了捏：他的耳朵是棒硬的！——"这是摔跤的褡膊磨出来的。"

他告诉我，他不是此地人，是北京人，——他说的是一口地道北京话。安定门外住家，就在桥根底下。种一片小菜园子，自种自卖。从小爱摔跤。那会摔跤，新手初下场子，对方上来就用褡膊蹭你的耳朵。那会的褡膊都是粗帆布纳的，两下，血就下来了。他的耳朵就这么磨出来了。

怎么会到这里来了呢？那年大旱，河净井干。种菜没水哪行呀？逃荒吧。逃到张家口，人地两生。怎么吃饭呢？就撂了地摔跤。不是表演，是陪人摔。那会有那么一帮阔公子，学了一招两式喜欢下场显示显示。他陪着摔，摔完了人家给钱。这在阔公子们叫做"耗财买脸"。他说："不能摔着他，还不能让他摔着了。让他摔着了，倒了牌子；捧着他，那哪成呀！——这跤摔的！"混了两年，觉得陪着人家"耗财买脸"，太没意思了！遇到一个熟人，在这里落了户，他也就搬了过来。一晃，四十年了。

我有一天傍晚从城里回来，那天是八月中秋，远远听见大队的大谷仓里有个小姑娘唱《五哥放羊》，真是好嗓子，又甜，又脆，又亮。哪来这么个小姑娘呀？去看看！走进门，是耿老头！

耿老头唱过二人台。艺名骆驼旦。"骆驼"和"旦"怎么能联在一起呢？再说，他哪儿也不像骆驼呀？既不驼背，也不是庞然大物，——他是个瘦瘦小小的身材，本地人所谓"三料个子"，据说年轻的扮相俊着呢。也许他小名叫个骆驼。这一点我到现在还没弄清楚。他这个"旦"是半业余的。逢年过节，成个小班子，七八个人，赶集趁庙，火红几天。平常还是在家种地。

俩老头都是在江湖上闯过的人，可是他们在作务庄稼上，都是一把好手。

他们现在不常下地干活了，每天只是到处转转，看看，问问，说说。

　　俩老头转到一块瓜地。面瓜才窜出苗来，长了几片蓝绿蓝绿的叶子，水灵灵的，好看得很。俩老头围着瓜地转了一圈，咬了一会耳朵，发了话："把这片瓜都刨了吧，种别的庄稼，种小叶芥菜吧，还能落点猪食。"——"咋啦？"——"你们把瓜籽安得太浅了，这一片瓜秧全都吊死了！"瓜籽安浅了，扎下根，够不着下面的底肥，长不大，这叫"吊死"。"看你俩说的！青苗绿叶的，就能吊死啦？你们的眼睛能看穿了沙层土板啦？真是神了！不信。"——"不信？不信，看吧！"过了两天，蓝绿蓝绿的瓜叶果然全都黄了，蔫了。刨开来看看，果然，吊死了！

　　也许因为俩老头闯过江湖，他们不怕官。

　　大跃进那年月，市里下来一个书记，到大队蹲点。在预报产量的会上，他要求一再加码。有人害怕，有人拍马，产量高得不像个话。耿老头说："这是种庄稼？是起哄哪！你们当官的，起了哄，一走！俺们秋后咋办呢？拿什么往上交，拿什么吃呀？"书记有点恼火，说："你这是秋后算账派。"郭老头说："秋后算账派有什么不好呀？就是要秋后算账嘛！秋后算账比春前瞎闹强！"胳膊拧不过大腿，产量还是按照书记要求的天文数字报上去了。措施呢？主要是密植。小麦试验田一亩下了二百斤麦种！高粱、玉米、谷子，一律缩小株行距，下种超过往年三倍。郭老头，耿老头坚决不同意，书记下不来台，又不能拍桌子，气得他说:"啊呀,你就做一次社会主义的冒失鬼行不行?"

到了锄地时,俩老头拿着小锄,下地干起活来。他们把谷子地过密的小苗全给锄掉了。锄一棵,骂一句:"去你娘的!"——锄一棵,骂一句:"去你娘的!"队长知道了,赶紧来拦住:"啊哟!你们这是干啥呢!这是反领导呀!"俩老头一起说:"怕啥?他打不了我反革命!"

秋后,大田全部减产,有的地根本没有秀穗,只能割了喂老牛。只有俩老头锄过的地获得了大丰收。

在市里召开的丰产经验交流会上,俩老头当了代表,发了言,题目是《要做老实庄稼人,不当社会主义的冒失鬼》。主持会议的就是来蹲过点的那位书记。书记致过开幕词,郭老头头一个发言,头一句话就是:"书记叫俺们做社会主义冒失鬼……"

俩老头后来一见这位书记,当面就叫他"社会主义的冒失鬼"。书记一点办法没有。看来他这顶"冒失鬼"的帽子得戴几年。

一九八〇年一月五日写成
五月廿九日修改

异　秉

　　一天已经过去了。不管用甚么语气把这句话说出来，反正这一天从此不会再有。然而新的一页尚未盖上来，就像火车到了站，在那儿喷气呢，现在是晚上。晚上，那架老挂钟敲过了八下，到它敲十下则一定还有老大半天。对于许多人，至少在这儿的几个人说起来，这是好的时候。可以说是最好的时候，如果把这也算在一天里头。更合适的是让这一段时候独立自足，离第二天还远，也不挂在第一天后头。

　　晚饭已经开过了。

　　"用过了？"

　　"偏过偏过，你老？"

　　"吃了，吃了。"

　　照例的，需跟某几个人交换这么两句问询。说是毫无意思自然也可以，然而这也与吃饭不可分，是一件事，非如此不能算是吃过似的。

　　这是一个结束，也是一个开始。

　　账簿都已一本一本挂在账桌旁边"钜万"斗子后头一

溜钉子上，按照多少年来的老次序。算盘收在柜台抽屉里，手那么抓起来一振，梁上的珠子，梁下的珠子，都归到两边去，算盘珠上没有一个数字，每一个珠子只是一个珠子。该盖上的盖了，该关好的关好。（鸟都栖定了，雁落在沙洲上。）只有一个学徒的在"真不二价"底下拣一堆货，算是做着事情。但那也是晚上才做的事情。而且他的鼻涕分明已经吸得大有一种自得其乐的意趣，与白天挨骂时吸得全然两样。其余的人或捧了个茶杯，茶色的茶带烟火气；或托了个水烟袋，钱板子反过来才搓了的两根新媒子；坐着靠着，踱那么两步，搓一搓手，都透着一种安徐自在。一句话，把自己还给自己了。白天他们属于这个店，现在这个店里有这么几个人。

每天必到的两个客人早已来了，他们把他们的一切都带了来，他们的声音笑貌，委屈嘲讪，他们的胃气疼和老刀牌香烟都带来了。像小孩子玩"做人家"，各携瓜皮菜叶来入了股。一来，马上就合为一体，一齐度过这个"晚上"，像上了一条船。他们已经聊了半天，换了几次题目。他们唏嘘感叹，啧啧慕响，讥刺的鼻音里有酸味，鄙夷时撇撇嘴，混和一种猥亵的刺激，舒放的快感，他们哗然大笑。这个小店堂里洋溢感情，如风如水，如店中货物气味。

而大家心里空了一块。真是虚应以待，等着，等王二来，这才齐全。王二一来，这个晚上，这个八点到十点就甚么都不缺了。

今天的等待更是清楚，热切。

王二呢，王二这就来了。

王二在这个店前廊下摆一个摊子，一个甚么摊子，这就难一句话说了。实在，那已经不能叫摊子，应当算得一个小店。摊子是习惯说法。王二他有那么一套架子，板子；每天支上架子，搁上板子：板上上一排平放着的七八个玻璃盒子，一排直立着的玻璃盒子，也七八个；再有许多大大小小搪瓷盆子，钵子。玻璃盒子里是瓜子，花生米，葵花子儿，盐豌豆，……洋烛，火柴，茶叶，八卦丹，万金油，各牌香烟，……盆子钵子里是卤肚，薰鱼，香肠，盐虾，牛腱，猪头肉，口条，咸鸭蛋，酱豆瓣儿，盐水百叶结，回卤豆腐干。……一交冬，一个朱红蜡笺底洒金字小长方镜框子挂出来了，"正月初一日起新增美味羊羔五香兔腿"。先生，你说这该叫个甚么名堂？这一带人呢，就省事了，只一句"王二的摊子"，谁都明白。话是一句，十数年如一日，意义可逐渐不同起来。

晚饭前后是王二生意最盛时候。冬天，喝酒的人多，王二就更忙了。王二忙得喜欢。随便抄一抄，一张纸包了；（试数一数看，两包相差不作兴在五粒以上，）抓起刀来（新刀，才用趁手，），唰唰唰切了一堆；（薄可透亮，）镪的一声拍碎了两根骨头：花椒盐，辣椒酱，来点儿葱花。好，葱花！王二的两只手简直像做着一种熟练的游戏，流转轻巧，可又笔笔送到，不苟且，不油滑，像一个名角儿。五寸盘子七寸盘子，寿字碗，青花碗，没带东西的用荷叶一包，路远的扎一根麻线。王二的钱笼里一阵阵响，像下雹子。钱笼满了时，王二面前的东西也稀疏了，搪瓷盆子这才现出它的白，王二这才看见那两盏高罩子美孚灯，灯上加了一截纸套子。于是王二才想起刚才原就一阵一阵的西北风，到他脖子里是一个冷。一说冷，王二可就觉得他的脚有点麻木了，他掇过一张凳子坐下来，膝碰膝摇他的两条腿。手一不用，就想往袖子里笼，可是不行，一手油！倒也是油才不皴。王二回头，看见儿子扣子。扣子伏在板上记账，弯腰曲背，窝成一团。这孩子！一定又是"蒋沈韩杨"的韩字弄不对了，多一划少一划在那里一个人商量呢。

里边谈笑声音他听得见，他入神，皱眉，瞠目结舌，笑。他们说雷打泰山庙旗杆，这事他清楚，他很想插一句，脚下有欲动之势。还是留在凳子上吧！他不愿留下扣子一个人，零碎生意却还有几个的。

到承天寺幽冥钟声音越来越清楚，拉洋车的徐大虎子，一路在人家墙上印过走马灯似的影子，王二把他老婆送来的晚饭打开，父子两个吃起来。照例他们吃晚饭时抽大烟的烤鸭架子挟了个酒瓶来切搁风。放下碗，打更的李三买去羊尿泡。再，大概就不会有人来了。王二又坐了一会儿，今天早一点吧，趁三碗饭的暖气未消，把摊子收拾了，一件一件放到店堂后头过道里来。

王二东西多，他跟扣子两个人还得搬三四趟。店堂里这几位是每天看熟了，然而他们还是看，看他过来，过去，像姑娘看人家发嫁妆。用手用脚的是这两个人，然而好像大家全来合作似的。自然这其间淡漠热烈程度不同。最后至那块镜框子摘下来，王二从过道里带出一捆白天买好的葱。王二把他的葱放在两脚之间而坐下了。坐在那张空着的椅子上。

"二老板！生意好？"

"托福托福，甚么话，'二老板！'不要开玩笑好不好！"

王二这一坐下，大家重新换了一回烟茶：王二一坐下，表示全城再没有甚么活动了。灯火照在人家槅子纸上，河边园上乌青菜叶子已抹了薄霜。阻风的船到了港，旅馆子茶房送完了洗脚汤。知道所有人都已得到舒休，这教自己的轻松就更完全。

谈话承前启后地接下来。

这里并未"多"这么一个王二。无庸为王二而把一套话收起来，或特为搬出一套。而且王二来，话说的人高兴，高兴多了一个人听。不止多了一个人听，是来了个听话的人。王二从不打断别人的话，跟人抬杠，抢别人的话说。他简直没有甚么话，听别人的。王二总像知道得那么少，虚怀若谷地听，听得津津有味，"唉"，"噢"，诚诚恳恳地惊奇动色，像个小孩子。最多，比方说像雷打泰山庙旗杆，他知道，他也让你说，末了他补充发挥几句，而已。王二他大概不知道谦虚这两个字到底该怎样讲，可是他就谦虚得到了家了。

这里的人，自然不会有甚么优越感。王二呢，他自己要自己懂得分寸。这里几位，都是店里的"先生"，两个客人，一个在外地做过师爷，看过琼花观的琼花；一个教蒙馆，他儿子扣子都曾经是他学生。王二知道自己绝写不出一封"某某仁翁台电"的信，用他自己的话说，"不敢乱来。"

叫一声"二老板"的，当然有一种调侃的意思在。不过这实在全非恶意，叫这么一声真是欢欢喜喜的。为王二欢喜，简直连嫉妒的意思都没有。那个学徒的这时把货拣完了，一齐掳到一张大匾子里。他看过老《申报》，晓得一个新名词，他心里念"王二是个'幸运儿'。"他笑，笑王二是个幸运儿，笑他自己知道这三个字。

王二真的是不敢当。他红了若干次脸才能不红。（他是为"二老板"而红脸。）

王二随时像做官的见上司一样，不落落实实地坐，虽然还不至于"斜签着"。即是跟他儿子，他老婆在一处，甚至一个人，他也从不往椅子背上一靠，两条腿伸得挺挺的。他的胳臂总是贴着他的肋骨。他说话时也兴奋，激动，鼓舞，但动跳的是他的肌肉，他的心，他不指手画脚，不为加重语气而来一个响榧子。他吃饭，尽管甚事都没有，也是赶活儿一样急急吃了。喝茶，到后头大锡壶里倒得一杯，咕噜噜灌下去，不会一口一口地呷，更不会一边呷，一边把茶杯口在牙齿上轻轻地叩。就说那捆葱，他不会到临走时再去拿吗？可他不，随手就带了来。王二从不缺薄，谢三秀才就是谢三秀才，不是甚么"黑漆皮灯笼谢三秀才"。他也叫烤鸭架子为烤鸭架子，那是因为烤鸭架子姓名久经湮没，王二无法觅访也。

"王二的摊子"虽然已经像一个小店了，还是"王二的摊子"。

今天实在是王二的摊子最后一天了。明天起世界上就没有王二的摊子。

王二赁定了隔壁旱烟店半间门面。旱烟店虽还开着门，这两年来实在生意清淡，本钱又少，只能养两个刨烟师傅一个站柜台的伙食，王二来了，自然欢迎。老板且想到不出一年，自己要收生意，一齐顶给王二。王二的哥哥王大是个挑箩的，也对付着能做一点木匠活，（王大王二原不住在一起，这以后，王二叫他搬到他家里来住。）已经叮叮咚咚地弄了两天，一个小柜台即将完成。王二又买了十几个带盖子的洋油铁箱，一口玻璃橱子，一张小桌子，扣子可以记记账。准备准备，三天之后即可搬了过去。

能不搬，王二绝不搬。王二在这个檐下吹过十几个冬天的西北风，他没有想到要舒服舒服。这么一丈来长，四尺宽的地方他爱得很。十几年来他在一定时候，依一定步骤在这里支开架子，搁上板子，哪里地上一个坑，该垫一个砖片，哪里一根橼子特别粗，他熟得很。春天燕子在对面电话线上唧唧呱呱，夏天瓦沟里长瓦松，蜘蛛结网，壁虎吃苍蝇，他记得清清楚楚。晚上听里边说话已成了个习惯。要他离开这里简直是从画儿上剪下一朵花来。而且就这个十几年里头，他娶了老婆生了扣子，扣子还有个妹妹。

他这些盒子盆子一年一年多起来，满起来。可是就因为多起来满起来，他要搬家了。这么点地方实在挤得很。这些东西每天搬进搬出，在人家那儿堆了一大堆也过意不去。风沙大，雨大，下雪的时候，化雪的时候，就别提多不方便了。还有，他不愿意他的扣子像他一样在这个檐下坐一辈子。扣子也不小了。

你不难明白王二听到"二老板"时心里一些综错感情。

于是王二搬家了。王二这就不再在店前摆摊子了。

虽然只隔一层墙，究竟是个分别。王二没事时当然会来坐坐，晚上尤其情不自禁地要溜过来的，但彼此将终不免有一分冷清。王二现在来，是来辞行了。他们没有想到这四个字：依依不舍，但说出来就无法否认，虽然只一点点，一点点，埋在他们心里。人情，是不可免的。只缺少一个倾吐罢了。然而一定要倾吐么？

王二呢，他是说来谈谈的。"谈谈"的意思是商量一点事情，甚么事情王二都肯听听别人意见。今天更有需要向人请教的。他过三天。大小开了一爿店。是店得有个字号。这事前些日子大家早就提到过。

"二老板！黑漆招牌金漆字，如意头子上扎红彩。写魏碑的有崔老夫子，王二太爷石门颂。四个吹鼓手，两根杠子，嗨唷嗨唷，南门抬到北门！从此青云直上，恭喜恭喜！"

王二又是"托福托福，莫开玩笑。"自然心里也有些东西闪闪烁烁翻动。招牌他不想做，但他少不了有些往来账务，收条发单，上头得有个图章。他已经到市场逛了逛，买了两本蓝油夏布面子的新账本，一个青花方瓷印色盒子。他一想到扣子把一方万胜边枣木戳子沾上印色，呵两口气，盖在一张粉连子纸上，他的心扑通扑通直跳，他一直想问问他们可给他斟酌定了，不好意思。现在，他正在盘算着怎么出口。他嘀咕着："明天，后天，大后天，哎呀！——"他着急要来不及了。刻图章的陈老三认识，赶是可以赶的，总不能弄到最后一天去。他心里有事，别人说甚么事，那么起劲，他没听到。他脸上发热，耳朵都红了。

教蒙馆的陆先生叫了一声，

"王老二！"

"甚么事陆先生？"

"你的那个字号啊，——"

"哟。"

"我们大家推敲过了。"

"承情承情！"

"乾啦，泰啦，丰啦，隆啦，昌啦，……都不大合适，这个，这个，你那个店不大，怕不大称。（王二正想到这个。）你么，叫王义成，你儿子叫王坤和，你不是想日后把店传给儿子吗，我们觉得还是从你们两个名字当中各取一个字，就叫王义和好了。你这个生意路宽，不限甚么都可以做，也不必底下再赘甚么字，就叫'王义和号'好了。如何，你以为？"

王二一句一句地听进去，他听王少堂说"武十回"打虎杀嫂也没这么经心，他一辈子没听过这么好听的声音，陆先生点火吃烟，他连忙说：

"好极了，好极了。"

陆先生还有话：

"图章呢，已经给你刻好了，在卢先生那儿。"

王二嘴里一声"啊——"他说不出话来。这他实在没有想到！王二如果还能哭，这时他一定哭。别人呢，这时也都应当唱起来。他们究竟是那么样的人，感情表达在他们的声音里，话说得快些，高些，活泼些。他们忘记了时间，用他们一生之中少有的狂兴往下谈。扣子已经把一盏马灯点好，靠在屏门上等了半天，又撑开罩子吹熄了。

自然先谈了许多往事。这里有几个老辈子，事情记得真清楚。王二父亲甚么时候死的，那时候他怎么瘦得像个猴子，到粥厂拾个粮子打粥去。怎么那年跌了一跤，额角至今有个疤，怎么挎了个篮子卖花生，卖梨，卖柿饼子，卖荸荠；怎么开始摆熏烧摊子；……王二痛定思痛，简直伤心，伤心又快乐，总结起来心里满是感激。他手里一方木戳子不歇地掂来掂去。

"一切是命。八个字注得定定的。抬头朱洪武，低头沈万山，猴一猴是个穷范单。除了命，是相。耸肩成山字，可以麒麟阁上画图。朱洪武生来一副五岳朝天的脸！汉高祖屁股上有七十二颗黑痣，少一颗坐不了金銮宝殿！一个人多少有点异像，才能发。"

于是谈了古往今来，远山近水的穷达故事。

最后自然推求王二如何能有今天了。

王二这回很勇敢，用一种非常严肃的声音，声音几乎有点抖，说：

"我呀，我有一个好处：大小解分清。大便时不小便。喏，上茅房时，不是大便小便一齐来。"

他是坐着说的，但听声音是笔直地站着。

大家肃然。随后是一片低低地感叹。

这时门外一声：

"爹！你怎么还不回去？"

来的是王二女儿，瘦瘦小小，像他爹，她手里一盏灯笼，女儿后面是他哥哥王大，王大又高又大，一脸络腮胡子，瞪着两眼。

那架老钟抖抖擞擞的一声一声地敲，那个生锈的钢簧一圈一圈振动，仿佛声音也是一个圈一个圈扩散开来，像投石子水，颤颤巍巍。数。铛，——铛，——铛，——铛，……一共十下。

王二起来。

"来了来了。这么冷的天，谁教你来的！"

"妈！"

忽然哄堂大笑。

"少陪少陪。"

王二走了一步，又站着；

"大后儿，在对面聚兴楼，给个脸，一定到，早到，没有甚么菜，喝一杯，意思意思，那天一早晨我来邀。"

"少陪你老。少陪，卢先生。少陪，陆先生，……"

"扣子！把妹妹手上灯笼接过来！马灯不用点了，我拿着。"

大家目送王二一家出门。

街上这时已断行人，家家店门都已上了。门缝里有的尚有一线光透出来。王二一家稍为参差一点地并排而行。王大在旁，过来是扣子，王二护定他女儿走在另一边。灯笼的光圈晃，晃，晃过去。更锣声音远远地在一段高高的地方敲，狗吠如豹，霜已经很重了。

"聋子放炮仗，我们也散了。"师爷与学究连袂出去，这家店门也阖起来。

学徒的上茅房。

一九四八年十二月三日写成。上海

载一九四八年第二卷第十期《文学杂志》

受 戒

　　明海出家已经四年了。

　　他是十三岁来的。

　　这个地方的地名有点怪，叫庵赵庄。赵，是因为庄上大都姓赵。叫作庄，可是人家住得很分散，这里两三家，那里两三家。一出门，远远可以看到，走起来得走一会儿，因为没有大路，都是弯弯曲曲的田埂。庵，是因为有一个庵。庵叫菩提庵，可是大家叫讹了，叫成荸荠庵。连庵里的和尚也这样叫。"宝刹何处？"——"荸荠庵"。庵本来是住尼姑的。"和尚庙"、"尼姑庵"嘛。可是荸荠庵住的是和尚。也许因为荸荠庵不大，大者为庙，小者为庵。

　　明海在家叫小明子。他是从小就确定要出家的。他的家乡不叫"出家"，叫"当和尚"。他的家乡出和尚。就像有的地方出劁猪的，有的地方出织席子的，有的地方出箍桶的，有的地方出弹棉花的，有的地方出画匠，有的地方出婊子，他的家乡出和尚。人家弟兄多，就派一个出去当和尚。当和尚也要通过关系，也有帮。这地方的和尚有的走得很远。有到杭州灵隐寺的、上海静安寺的、镇江金山寺的、扬州天宁寺的。一般的就在本县的寺庙。明海家田少，老大、老二、老三，就足够种的了。他是老四。他七岁那年，他当和尚的舅舅回家，他爹、他娘就和舅舅商议，决定叫他当和尚。他当时在旁边，觉得这实在是在情在理，没有理由反对。当和尚有很多好处。一是可以吃现成饭。哪个庙里都是管饭的。二是可以攒钱。只要学会了放瑜伽焰口，拜梁皇忏，可以按例分到辛苦钱。积攒起来，将来还俗娶亲也可以；不想还俗，买几亩田也可以。当和尚也不容易，一要面如朗月，二要声如钟磬，三要聪明记性好。他舅舅给他相了相面，叫他前走几步，后走几步，又叫他喊了一声赶牛打场的号子："格当嘚——"，说是"明子准能当个好和尚，我包了！"要当和尚，得下点本，——念几年书。哪有不认字的和尚呢！于是明子就开蒙入学，读了《三字经》、《百家姓》、《四言杂字》、《幼学琼林》、《上论、下论》、《上孟、下孟》，每天还写一张仿。村里都夸他字写得好，很黑。

舅舅按照约定的日期又回了家，带了一件他自己穿的和尚领的短衫，叫明子娘改小一点，给明子穿上。明子穿了这件和尚短衫，下身还是在家穿的紫花裤子，赤脚穿了一双新布鞋，跟他爹、他娘磕了一个头，就随舅舅走了。

他上学时起了个学名，叫明海。舅舅说，不用改了。于是"明海"就从学名变成了法名。

过了一个湖。好大一个湖！穿过一个县城。县城真热闹：官盐店，税务局，肉铺里挂着成爿的猪肉，一个驴子在磨芝麻，满街都是小磨香油的香味，布店，卖茉莉粉、梳头油的什么斋，卖绒花的，卖丝线的，打把式卖膏药的，吹糖人的，耍蛇的，……他什么都想看看。舅舅一劲儿地推他："快走！快走！"

到了一个河边，有一只船在等着他们。船上有一个五十来岁的瘦长瘦长的大伯，船头蹲着一个跟明子差不多大的女孩子，在剥一个莲蓬吃。明子和舅舅坐到舱里，船就开了。

明子听见有人跟他说话，是那个女孩子。

"是你要到荸荠庵当和尚吗？"

明子点点头。

"当和尚要烧戒疤呕！你不怕？"

明子不知道怎么回答，就含含糊糊地摇了摇头。

"你叫什么？"

"明海。"

"在家的时候？"

"叫明子。"

"明子！我叫小英子！我们是邻居。我家挨着荸荠庵。——给你！"

小英子把吃剩的半个莲蓬扔给明海，小明子就剥开莲蓬壳，一颗一颗吃起来。

大伯一桨一桨地划着，只听见船桨拨水的声音：

"哗——许！哗——许！"

……

荸荠庵的地势很好，在一片高地上。这一带就数这片地势高，当初建庵的人很会选地方。门前是一条河。门外是一片很大的打谷场。三面都是高大的柳树。山门里是一个穿堂。迎门供着弥勒佛。不知是哪一位名士撰写了一副对联：

大肚能容容天下难容之事
开颜一笑笑世间可笑之人

弥勒佛背后，是韦驮。过穿堂，是一个不小的天井，种着两棵白果树。天井两边各有三间厢房。走过天井，便是大殿，供着三世佛。佛像连龛才四尺来高。大殿东边是方丈，西边是库房。大殿东侧，有一个小小的六角门，白门绿字，刻着一副对联：

一花一世界
三藐三菩提

进门有一个狭长的天井，几块假山石，几盆花，有三间小房。

小和尚的日子清闲得很。一早起来，开山门，扫地。庵里的地铺的都是箩底方砖，好扫得很，给弥勒佛、韦驮烧一炷香，正殿的三世佛面前也烧一炷香，磕三个头，念三声"南无阿弥陀佛"，敲三声磬。这庵里的和尚不兴做什么早课、晚课，明子这三声磬就全都代替了。然后，挑水，喂猪。然后，等当家和尚，即明子的舅舅起来，教他念经。

教念经也跟教书一样，师父面前一本经，徒弟面前一本经，师父唱一句，徒弟跟着唱一句。是唱哎。舅舅一边唱，一边还用手在桌上拍板。一板一眼，拍得很响，就跟教唱戏一样。是跟教唱戏一样，完全一样哎。连用的名词都一样。舅舅说，念经：一要板眼准，二要合工尺。说：当一个好和尚，得有条好嗓子。说：民国二十年闹大水，运河倒了堤，最后在清水潭合龙，因为大水淹死的人很多，放了一台大焰口，十三大师——十三个正座和尚，各大庙的方丈都来了，下面的和尚上百。谁当这个首座？推来推去，还是石桥——善因寺的方丈！他往上一坐，就跟地藏王菩萨一样，这就不用说了；那一声"开香赞"，围看的上千人立时鸦雀无声。说：嗓子要练，夏练三伏，冬练三九，要练丹田气！说：要吃得苦中苦，方为人上人！说：和尚里也有状元、榜眼、探花！要用心，不要贪玩！舅舅这一番大法要说得明海和尚实在是五体投地，于是就一板一眼地跟着舅舅唱起来：

炉香乍爇——

炉香乍爇——

法界蒙薰——

法界蒙薰——

诸佛现金身……

诸佛现金身……

……

等明海学完了早经，——他晚上临睡前还要学一段，叫作晚经，——荸荠庵的师父们就都陆续起床了。

这庵里人口简单，一共六个人。连明海在内，五个和尚。

有一个老和尚，六十几了，是舅舅的师叔，法名普照，但是知道的人很少，因为很少人叫他法名，都称之为老和尚或老师父，明海叫他师爷爷。这是个很枯寂的人，一天关在房里，就是那"一花一世界"里。也看不见他念佛，只是那么一声不响地坐着。他是吃斋的，过年时除外。

下面就是师兄弟三个，仁字排行：仁山、仁海、仁渡。庵里庵外，有的称他们为大师父、二师父；有的称之为山师父、海师父。只有仁渡，没有叫他"渡师父"的，因为听起来不像话，大都直呼之为仁渡。他也只配如此，因为他还年轻，才二十多岁。

仁山，即明子的舅舅，是当家的。不叫"方丈"，也不叫"住持"，却叫"当家的"，是很有道理的，因为他确确实实干的是当家的职务。他屋里摆的是一张账桌，桌子上放的是账簿和算盘。账簿共有三本。一本是经账，一本是租账，一本是债账。和尚要做法事，做法事要收钱，——

要不，当和尚干什么？常做的法事是放焰口。正规的焰口是十个人。一个正座，一个敲鼓的，两边一边四个。人少了，八个，一边三个，也凑合了。荸荠庵只有四个和尚，要放整焰口就得和别的庙里合伙。这样的时候也有过。通常只是放半台焰口。一个正座，一个敲鼓，另外一边一个。一来找别的庙里合伙费事；二来这一带放得起整焰口的人家也不多。有的时候，谁家死了人，就只请两个，甚至一个和尚咕噜咕噜念一通经，敲打几声法器就算完事。很多人家的经钱不是当时就给，往往要等秋后才还。这就得记账。另外，和尚放焰口的辛苦钱不是一样的。就像唱戏一样，有份子。正座第一份。因为他要领唱，而且还要独唱。当中有一大段"叹骷髅"，别的和尚都放下法器休息，只有首座一个人有板有眼地曼声吟唱。第二份是敲鼓的。你以为这容易呀？哼，单是一开头的"发擂"，手上没功夫就敲不出迟疾顿挫！其余的，就一样了。这也得记上：某月某日、谁家焰口半台，谁正座，谁敲鼓……省得到年底结账时赌咒骂娘。……这庵里有几十亩庙产，租给人种，到时候要收租。庵里还放债。租、债一向倒很少亏欠，因为租佃借钱的人怕菩萨不高兴。这三本账就够仁山忙的了。另外香烛、灯火、油盐"福食"，这也得随时记记账呀。除了账簿之外，山师父的方丈的墙上还挂着一块水牌，上漆四个红字："勤笔免思"。

仁山所说当一个好和尚的三个条件，他自己其实一条也不具备。他的相貌只要用两个字就说清楚了：黄，胖。

声音也不像钟磬，倒像母猪。聪明么？难说，打牌老输。他在庵里从不穿袈裟，连海青直裰也免了。经常是披着件短僧衣，袒露着一个黄色的肚子。下面是光脚趿拉着一双僧鞋，——新鞋他也是趿拉着。他一天就是这样不衫不履地这里走走，那里走走，发出母猪一样的声音："嗯——嗯——"

二师父仁海。他是有老婆的。他老婆每年夏秋之间来住几个月，因为庵里凉快，庵里有六个人，其中之一就是这位和尚的家眷。仁山、仁渡叫她嫂子，明海叫她师娘。这两口子都很爱干净，整天的洗涮。傍晚的时候，坐在天井里乘凉。白天，闷在屋里不出来。

三师父是个很聪明精干的人。有时一笔账大师兄扒了半天算盘也算不清，他眼珠子转两转，早算得一清二楚。他打牌赢的时候多，二三十张牌落地，上下家手里有些什么牌，他就差不多都知道了。他打牌时，总有人爱在他后面看歪头胡。谁家约他打牌，就说"想送两个钱给你。"他不但经忏俱通（小庙的和尚能够拜忏的不多），而且身怀绝技，会"飞铙"。七月间有些地方做盂兰会，在旷地上放大焰口，几十个和尚，穿绣花袈裟，飞铙。飞铙就是把十多斤重的大铙钹飞起来。到了一定的时候，全部法器皆停，只几十副大铙紧张急促地敲起来。忽然起手，大铙向半空中飞去，一面飞，一面旋转。然后，又落下来，接住。接住不是平平常常地接住，有各种架势，"犀牛望月"、"苏秦背剑"……这哪是念经，这是耍杂技。也许是地藏王菩萨爱看这个，但真正因此快乐起来的是人，尤其是妇女和孩子。这是年轻漂亮的和尚出风头的机会。一场大焰口过后，也像一个好戏班子过后一样，会有一个两个大姑娘、小媳妇失踪，——跟和尚跑了。他还会放"花焰口"。有的人家，亲戚中多风流子弟，在不是很哀伤的佛事——如做冥寿时，就会提出放花焰口。所谓"花焰口"就是在正焰口之后，叫和尚唱小调，拉丝弦，吹管笛，敲鼓板，而且可以点唱。仁渡一个人可以唱一夜不重头。仁渡前几年一直在外面，近二年才常住在庵里。据说他有相好的，而且不止一个。他平常可是很规矩，看到姑娘媳妇总是老老实实的，连一句玩笑话都不说，一句小调山歌都不唱。有一回，在打谷场上乘凉的时候，一伙人把他围起来，非叫他唱两个不可。他却情不过，说："好，唱一个。不唱家乡的。家乡的你们都熟，唱个安徽的。"

姐和小郎打大麦，
一转子讲得听不得。
听不得就听不得，
打完了大麦打小麦。

唱完了，大家还嫌不够，他就又唱了一个：

姐儿生得漂漂的，
两个奶子翘翘的。

有心上去摸一把，

心里有点跳跳的。

……

这个庵里无所谓清规，连这两个字也没人提起。

仁山吃水烟，连出门做法事也带着他的水烟袋。

他们经常打牌。这是个打牌的好地方。把大殿上吃饭的方桌往门口一搭，斜放着，就是牌桌。桌子一放好，仁山就从他的方丈里把筹码拿出来，哗啦一声倒在桌上。斗纸牌的时候多，搓麻将的时候少。牌客除了师兄弟三人，常来的是一个收鸭毛的，一个打兔子兼偷鸡的，都是正经人。收鸭毛的担一副竹筐，串乡串镇，拉长了沙哑的声音喊叫：

"鸭毛卖钱——！"

偷鸡的有一件家什——铜蜻蜓。看准了一只老母鸡，把铜蜻蜓一丢，鸡婆子上去就是一口。这一啄，铜蜻蜓的硬簧绷开，鸡嘴撑住了，叫不出来了。正在这鸡十分纳闷的时候，上去一把薅住。

明子曾经跟这位正经人要过铜蜻蜓看看。他拿到小英子家门前试了一试，果然！小英的娘知道了，骂明子：

"要死了！儿子！你怎么到我家来玩铜蜻蜓了！"

小英子跑过来：

"给我！给我！"

她也试了试，真灵，一个黑母鸡一下子就把嘴撑住，

148

傻了眼了！

下雨阴天，这二位就光临荸荠庵，消磨一天。

有时没有外客，就把老师叔也拉出来，打牌的结局，大都是当家和尚气得鼓鼓的："×妈妈的！又输了！下回不来了！"

他们吃肉不瞒人。年下也杀猪。杀猪就在大殿上。一切都和在家人一样，开水、木桶、尖刀。捆猪的时候，猪也是没命地叫。跟在家人不同的，是多一道仪式，要给即将升天的猪念一道"往生咒"，并且总是老师叔念，神情很庄重：

"……一切胎生、卵生、息生，来从虚空来，还归虚空去，往生再世，皆当欢喜。南无阿弥陀佛！"

三师父仁渡一刀子下去，鲜红的猪血就带着很多沫子喷出来。

……

明子老往小英子家里跑。

小英子的家像一个小岛，三面都是河，西面有一条小路通到荸荠庵。独门独户，岛上只有这一家。岛上有六棵大桑树，夏天都结大桑葚，三棵结白的，三棵结紫的；一个菜园子，瓜豆蔬菜，四时不缺。院墙下半截是砖砌的，上半截是泥夯的。大门是桐油油过的，贴着一副万年红的春联：

向阳门第春常在

积善人家庆有余

　　门里是一个很宽的院子。院子里一边是牛屋、碓棚；一边是猪圈、鸡窠，还有个关鸭子的栅栏。露天地放着一具石磨。正北面是住房，也是砖基土筑，上面盖的一半是瓦，一半是草。房子翻修了才三年，木料还露着白茬。正中是堂屋，家神菩萨的画像上贴的金还没有发黑。两边是卧房。隔扇窗上各嵌了一块一尺见方的玻璃，明亮亮的，——这在乡下是不多见的。房檐下一边种着一棵石榴树，一边种着一棵栀子花，都齐房檐高了。夏天开了花，一红一白，好看得很。栀子花香得冲鼻子。顺风的时候，在荸荠庵都闻得见。

　　这家人口不多。他家当然是姓赵。一共四口人：赵大伯、赵大妈，两个女儿，大英子、小英子。老两口没得儿子。因为这些年人不得病，牛不生灾，也没有大旱大水闹蝗虫，日子过得很兴旺。他们家自己有田，本来够吃的了，又租种了庵上的十亩田。自己的田里，一亩种了荸荠，——这一半是小英子的主意，她爱吃荸荠，一亩种了慈菇。家里喂了一大群鸡鸭，单是鸡蛋鸭毛就够一年的油盐了。赵大伯是个能干人。他是一个"全把式"，不但田里场上样样精通，还会罾鱼、洗磨、凿砻、修水车、修船、砌墙、烧砖、箍桶、劈篾、绞麻绳。他不咳嗽，不腰疼，结结实实，像一棵榆树。人很和气，一天不声不响。赵大伯是一棵摇钱树，赵大娘就是个聚宝盆。大娘精神得出奇。五十岁了，两个眼睛还是清亮亮的。不论什么时候，头都是梳得滑滴滴的，身上衣服都是格挣挣的。像老头子一样，她一天不闲着。煮猪食，喂猪，腌咸菜，——她腌的咸萝卜干非常好吃，舂粉子，磨小豆腐，编蓑衣，织芦席。她还会剪花样子。这里嫁闺女，陪嫁妆，瓷坛子、锡罐子，都要用梅红纸剪出吉祥花样，贴在上面，讨个吉利，也才好看："丹凤朝阳"呀、"白头到老"呀、"子孙万代"呀、"福寿绵长"呀。二三十里的人家都来请她："大娘，好日子是十六，你哪天去呀？"——"十五，我一大清早就来！"

"一定呀！"——"一定！一定！"

两个女儿，长得跟她娘像一个模子里脱出来的。眼睛长得尤其像，白眼珠鸭蛋青，黑眼珠棋子黑，定神时如清水，闪动时像星星。浑身上下，头是头，脚是脚。头发滑滴滴的，衣服格挣挣的。——这里的风俗，十五六岁的姑娘就都梳上头了。这两个丫头，这一头的好头发！通红的发根，雪白的簪子！娘女三个去赶集，一集的人都朝她们望。

姐妹长得很像，性格不同。大姑娘很文静，话很少，像父亲。小英子比她娘还会说，一天叽叽呱呱地不停。大姐说：

"你一天到晚叽叽呱呱——"

"像个喜鹊！"

"你自己说的！——吵得人心乱！"

"心乱？"

"心乱！"

"你心乱怪我呀！"

二姑娘话里有话。大英子已经有了人家。小人她偷偷地看过，人很敦厚，也不难看，家道也殷实，她满意。已经下过小定，日子还没有定下来。她这二年，很少出房门，整天赶她的嫁妆。大裁大剪，她都会。挑花绣花，不如娘。她可又嫌娘出的样子太老了。她到城里看过新娘子，说人家现在绣的都是活花活草。这可把娘难住了。最后是喜鹊忽然一拍屁股："我给你保举一个人！"

这人是谁？是明子。明子念"上孟下孟"的时候，不知怎么得了半套《芥子园》，他喜欢得很。到了荸荠庵，他还常翻出来看，有时还把旧账簿子翻过来，照着描。小英子说：

"他会画！画得跟活的一样！"

小英子把明海请到家里来，给他磨墨铺纸，小和尚画了几张，大英子喜欢得了不得：

"就是这样！就是这样！这就可以乱戗！"——所谓"乱戗"是绣花的一种针法：绣了第一层，第二层的针脚插进第一层的针缝，这样颜色就可由深到淡，不露痕迹，不像娘那一代绣的花是平针，深浅之间，界限分明，一道一道的。小英子就像个书童，又像个参谋：

"画一朵石榴花！"

"画一朵栀子花！"

她把花掐来，明海就照着画。

到后来，凤仙花、石竹子、水蓼、淡竹叶、天竺果子、蜡梅花，他都能画。

大娘看着也喜欢，搂住明海的和尚头：

"你真聪明！你给我当一个干儿子吧！"

小英子捺住他的肩膀，说：

"快叫！快叫！"

小明子跪在地下磕了一个头，从此就叫小英子的娘做干娘。

大英子绣的三双鞋，三十里方圆都传遍了。很多姑娘都走路坐船来看。看完了，就说："啧啧啧，真好看！这哪是绣的，这是一朵鲜花！"她们就拿了纸来央大娘求了小和尚来画。有求画帐檐的，有求画门帘飘带的，有求画鞋头花的。每回明子来画花，小英子就给他做点好吃的，老煮两个鸡蛋，蒸一碗芋头，煎几个藕团子。

因为照顾姐姐赶嫁妆，田里的零碎生活小英子就全包了。她的帮手，是明子。

这地方的忙活是栽秧、车高田水、薅头遍草，再就是割稻子、打场了。这几茬重活，自己一家是忙不过来的。这地方兴换工。排好了日期，几家顾一家，轮流转。不收工钱，但是吃好的。一天吃六顿，两头见肉，顿顿有酒。干活时，敲着锣鼓，唱着歌，热闹得很。其余的时候，各顾各，不显得紧张。

薅三遍草的时候，秧已经很高了，低下头看不见人。一听见非常脆亮的嗓子在一片浓绿里唱：

栀子哎开花哎六瓣头哎……
姐家哎门前哎一道桥哎……

明海就知道小英子在哪里，三步两步就赶到，赶到就低头薅起草来。傍晚牵牛"打汪"，是明子的事。——水牛怕蚊子。这里的习惯，牛卸了轭，饮了水，就牵到一口和好泥水的"汪"里，由它自己打滚扑腾，弄得全身都是泥浆，这样蚊子就咬不透了。低田上水，只要一挂十四轧的水车，两个人车半天就够了。明子和小英子就伏在车杠上，不紧不慢地踩着车轴上的拐子，轻轻地唱着明海向三师父学来的各处山歌。打场的时候，明子能替赵大伯一会儿，让他回家吃饭。——赵家自己没有场，每年都在荸荠庵外面的场上打谷子。他一扬鞭子，喊起了打场号子：

"格当嘚——"

这打场号子有音无字，可是九转十三弯，比什么山歌号子都好听。赵大娘在家，听见明子的号子，就侧起耳朵：

"这孩子这条嗓子！"

连大英子也停下针线：

"真好听！"

小英子非常骄傲地说：

"一十三省数第一！"

154

晚上，他们一起看场。——荸荠庵收来的租稻也晒在场上。他们并肩坐在一个石磙子上，听青蛙打鼓，听寒蛇唱歌，——这个地方以为蝼蛄叫是蚯蚓叫，而且叫蚯蚓叫"寒蛇"，听纺纱婆子不停地纺纱，"唦——"，看萤火虫飞来飞去，看天上的流星。

"呀！我忘了在裤带上打一个结！"小英子说。

这里的人相信，在流星掉下来的时候在裤带上打一个结，心里想什么好事，就能如愿。

……

"摵"荸荠，这是小英最爱干的生活。秋天过去了，她净场光，荸荠的叶子枯了，——荸荠的笔直的小葱一样的圆叶子里是一格一格的，用手一摵，哔哔地响，小英子最爱摵着玩，——荸荠藏在烂泥里。赤了脚，在凉浸浸滑溜溜的泥里踩着，——哎，一个硬疙瘩！伸手下去，一个红紫红紫的荸荠。她自己爱干这生活，还拉了明子一起去。她老是故意用自己的光脚去踩明子的脚。

她挎着一篮子荸荠回去了，在柔软的田埂上留了一串脚印。明海看着她的脚印，傻了。五个小小的趾头，脚掌平平的，脚跟细细的，脚弓部分缺了一块。明海身上有一种从来没有过的感觉，他觉得心里痒痒的。这一串美丽的脚印把小和尚的心搞乱了。

……

明子常搭赵家的船进城，给庵里买香烛，买油盐。闲时是赵大伯划船；忙时是小英子去，划船的是明子。

从庵赵庄到县城，当中要经过一片很大的芦花荡子。芦苇长得密密的，当中一条水路，四边不见人。划到这里，明子总是无端端地觉得心里很紧张，他就使劲地划桨。

小英子喊起来：

"明子！明子！你怎么啦？你发疯啦？为什么划得这么快？"

……

明海到善因寺去受戒。

"你真的要去烧戒疤呀？"

"真的。"

"好好的头皮上烧十二个洞，那不疼死啦？"

"咬咬牙。舅舅说这是当和尚的一大关，总要过的。"

"不受戒不行吗？"

"不受戒的是野和尚。"

"受了戒有啥好处？"

"受了戒就可以到处云游，逢寺挂褡。"

"什么叫'挂褡'？"

"就是在庙里住。有斋就吃。"

"不把钱？"

"不把钱。有法事，还得先尽外来的师父。"

"怪不得都说'远来的和尚会念经'。就凭头上这几个戒疤？"

"还要有一份戒牒。"

“闹半天，受戒就是领一张和尚的合格文凭呀！”

“就是！”

“我划船送你去。”

“好。”

小英子早早就把船划到荸荠庵门前。不知是什么道理，她兴奋得很。她充满了好奇心，想去看看善因寺这座大庙，看看受戒是个啥样子。

善因寺是全县第一大庙，在东门外，面临一条水很深的护城河，三面都是大树，寺在树林子里，远处只能隐隐约约看到一点金碧辉煌的屋顶，不知道有多大。树上到处挂着“谨防恶犬”的牌子。这寺里的狗出名的厉害。平常不大有人进去。放戒期间，任人游看，恶狗都锁起来了。

好大一座庙！庙门的门坎比小英子的胛膝都高。迎门矗着两块大牌，一边一块，一块写着斗大两个大字：“放戒”，一块是：“禁止喧哗”。这庙里果然是气象庄严，到了这里谁也不敢大声咳嗽。明海自去报名办事，小英子就到处看看。好家伙，这哼哈二将、四大天王，有三丈多高，都是簇新的，才装修了不久。天井有二亩地大，铺着青石，种着苍松翠柏。“大雄宝殿”，这才真是个“大殿”！一进去，凉飕飕的。到处都是金光耀眼。释迦牟尼佛坐在一个莲花座上，单是莲座，就比小英子还高。抬起头来也看不全他的脸，只看到一个微微闭着的嘴唇和胖敦敦的下巴。两边的两根大红蜡烛，一搂多粗。佛像前的大供桌上供着鲜花、绒花、绢花，还有珊瑚树、玉如意、整棵的大象牙。香炉里烧着檀香。小英子出了庙，闻着自己的衣服都是香的。挂了好些幡。这些幡不知是什么缎子的，那么厚重，绣的花真细。这么大一口磬，里头能装五担水！这么大一个木鱼，有一头牛大，漆得通红的。她又去转了转罗汉堂，爬到千佛楼上看了看。真有一千个小佛！她还跟着一些人去看了看藏经楼，藏经楼没有什么看头，都是经书！妈吡！逛了这么一圈，腿都酸了。小英子想起还要给家里打油，替姐姐配丝线，给娘买鞋面布，给自己买两个坠围裙飘带的银蝴蝶，给爹买旱烟，就出庙了。

等把事情办齐，晌午了。她又到庙里看了看，和尚正在吃粥。好大一个"膳堂"，坐得下八百个和尚。吃粥也有这样多讲究：正面法座上摆着两个锡胆瓶，里面插着红绒花，后面盘膝坐着一个穿了大红满金绣袈裟的和尚，手里拿了戒尺。这戒尺是要打人的。哪个和尚吃粥吃出了声音，他下来就是一戒尺。不过他并不真的打人，只是做个样子。真稀奇，那么多的和尚吃粥，竟然不出一点声音！他看见明子也坐在里面，想跟他打个招呼又不好打。想了想，管他禁止不禁止喧哗，就大声喊了一句："我走啦！"她看见明子目不斜视地微微点了点头，就不管很多人都朝自己看，大摇大摆地走了。

第四天一大清早小英子就去看明子。她知道明子受戒是第三天半夜，——烧戒疤是不许人看的。她知道要请老剃头师傅剃头，要剃得横摸顺摸都摸不出头发茬子，要不然一烧，就会"走"了戒，烧成了一片。她知道是用枣泥子先点在头皮上，然后用香头子点着。她知道烧了戒疤就喝一碗蘑菇汤，让它"发"，还不能躺下，要不停地走动，叫作"散戒"。这些都是明子告诉她的。明子是听舅舅说的。

她一看，和尚真在那里"散戒"，在城墙根底下的荒地里。一个一个，穿了新海青，光光的头皮上都有十二个黑点子。——这黑疤掉了，才会露出白白的、圆圆的"戒疤"。和尚都笑嘻嘻的，好像很高兴。她一眼就看见了明子。隔着一条护城河，就喊他：

"明子！"

"小英子！"

"你受了戒啦？"

"受了。"

"疼吗？"

"疼。"

"现在还疼吗？"

"现在疼过去了。"

"你哪天回去？"

"后天。"

"上午？下午？"

"下午。"

"我来接你！"

"好！"

……

小英子把明海接上船。

小英子这天穿了一件细白夏布上衣，下边是黑洋纱的裤子，赤脚穿了一双龙须草的细草鞋，头上一边插着一朵栀子花，一边插着一朵石榴花。她看见明子穿了新海青，里面露出短褂子的白领子，就说："把你那外面的一件脱了，你不热呀！"

他们一人一把桨。小英子在中舱，明子扳艄，在船尾。

她一路问了明子很多话，好像一年没有看见了。

她问，烧戒疤的时候，有人哭吗？喊吗？

明子说，没有人哭，只是不住地念佛。有个山东和尚骂人：

"俺日你奶奶！俺不烧了！"

她问善因寺的方丈石桥是相貌和声音都很出众吗？

"是的。"

"说他的方丈比小姐的绣房还讲究？"

"讲究。什么东西都是绣花的。"

"他屋里很香？"

"很香。他烧的是伽楠香，贵得很。"

"听说他会作诗，会画画，会写字？"

"会。庙里走廊两头的砖额上，都刻着他写的大字。"

"他是有个小老婆吗？"

"有一个。"

"才十九岁？"

"听说。"

"好看吗？"

"都说好看。"

"你没看见？"

"我怎么会看见？我关在庙里。"

明子告诉她，善因寺一个老和尚告诉他，寺里有意选他当沙弥尾，不过还没有定，要等主事的和尚商议。

"什么叫'沙弥尾'？"

"放一堂戒，要选出一个沙弥头，一个沙弥尾。沙弥头要老成，要会念很多经。沙弥尾要年轻，聪明，相貌好。"

"当了沙弥尾跟别的和尚有什么不同？"

"沙弥头，沙弥尾，将来都能当方丈。现在的方丈退居了，就当。石桥原来就是沙弥尾。"

"你当沙弥尾吗？"

"还不一定哪。"

"你当方丈，管善因寺？管这么大一个庙？！"

"还早呐！"

划了一气，小英子说："你不要当方丈！"

"好，不当。"

"你也不要当沙弥尾！"

"好，不当。"

又划了一气，看见那一片芦花荡子了。

小英子忽然把桨放下，走到船尾，趴在明子的耳朵旁边，小声地说：

"我给你当老婆，你要不要？"

明子眼睛鼓得大大的。

"你说话呀！"

明子说："嗯。"

"什么叫'嗯'呀！要不要，要不要？"

明子大声地说："要！"

"你喊什么！"

明子小小声说："要——！"

"快点划！"

英子跳到中舱，两只桨飞快地划起来，划进了芦花荡。

芦花才吐新穗。紫灰色的芦穗，发着银光，软软的，滑溜溜的，像一串丝线。有的地方结了蒲棒，通红的，像一支一支小蜡烛。青浮萍，紫浮萍。长脚蚊子，水蜘蛛。野菱角开着四瓣的小白花。惊起一只青桩（一种水鸟），擦着芦穗，扑鲁鲁飞远了。

……

一九八〇年八月十二日，写四十三年前的一个梦

载一九八〇年第十期《北京文学》

寂寞和温暖

　　这个女同志在这个农业科学研究所的科研人员当中显得有点特别。她有很多文学书。屠格涅夫的、契诃夫的、梅里美的。都保存得很干净。她的衣着、用物都很素净。白床单、白枕套，连洗脸盆都是白的。她住在一间四白落地的狭长的单身宿舍里，只有一面墙上一个四方块里有一点颜色。那是一个相当精致的画框，里面经常更换画片：列宾的《伏尔加河上的纤夫》、列维坦的风景……

　　她叫沈沅，却不是湖南人。

　　她的家乡是福建的一个侨乡。她生在马来西亚的一个滨海的小城里。母亲死得早，她是跟父亲长大的。父亲开机帆船，往来运货，早出晚归。她从小就常常一个人过一天，坐在门外的海滩上，望着海，等着父亲回来。她后来想起父亲，首先想起的是父亲身上很咸的海水气味和他的五个趾头一般齐，几乎是长方形的脚。——常年在海船上生活的人的脚，大都是这样。

　　她在南洋读了小学，以后回国来上学。父亲还留在南洋。她从初中到大学，都是在学校的宿舍里度过的。她在国内没有亲人，只有一个舅舅。上初中时，放暑假，她还到舅舅家住一阵。舅舅家很穷。他们家炒什么菜都放虾油。多少年后，她还记得舅舅家自渍的虾油的气味。高中以后，就是寒暑假，也是在学校里过了。一到节假日、星期天，她总是打一盆水洗洗头，然后拿一本小说，一边看小说，一边等风把头发吹干，嘴里咬着一个鲜橄榄。

她父亲是被贫瘠而狭小的土地抛到海外去的。他没有一寸土，却希望他的家乡人能吃到饱饭。她在高中毕业后，就按照父亲的天真而善良的愿望，考进了北京的农业大学。

大学毕业，就分配到了这个农业科学研究所。那年她二十五岁。

二十五年，过得很平静。既没有生老病死（母亲死的时候，她还不大记事），也没有柴米油盐。她在学习上从来没有感到过吃力，从来没有做过因为考外文、考数学答不出题来而急得浑身出汗的那种梦。

她长得很高。在学校站队时，从来是女生的第一名。

这个所里的女工、女干部，也没有一个她那样高的。

她长得很清秀。

这个所的农业工人有一个风气，爱给干部和科研人员起外号。

有一个年轻的技术员叫王作祐，工人们叫他王咋唬。

有一个中年的技师，叫俊哥儿李。有一个时期，所里有三个技师都姓李。为怕混淆，工人们就把他们区别为黑李、白李、俊哥儿李。黑李、白李，因为肤色不同（这二李后来都调走了）。俊哥儿李是因为他长得端正，衣着整齐，还因为他冬天也不戴帽子。这地方冬天有时冷到零下三十七八度，工人们花多少钱，也愿意置一顶狐皮的或者貉绒的皮帽。至不济，也要戴一顶山羊头的。俊哥儿李是不论什么天气也是光着脑袋，头发梳得一丝不乱。

有一个技师姓张，在所里年岁最大，资历也最老。工人们当面叫他张老，背后叫他早稻田。他是个水稻专家，每天起得最早，一起来就到水稻试验田去。他是日本留学生。这个所的历史很久了，有一些老工人敌伪时期就来了，他们多少知道一点日本的事。他们听说日本有个早稻田大学，就不管他是不是这个大学毕业的，派给他一个"早稻田"的外号。

沈沅来了不久，工人们也给她起了外号，叫沈三元。这是因为她刚来的时候，所里一个姓胡的支部书记在大会上把她的名字念错了，把"沅"字拆成了两个字，念成"沈三元"。工人们想起老年间的吉利话："连中三元"，就说"沈三元"，这名字不赖！他们还听说她在学校时先是团员，后是党员，刚来了又是技术员，于是又叫她"沈三员"。"沈三元"也罢，"沈三员"也罢，含意都差不多：少年得志，前程万里。

有一些年轻的技术员背后也叫她沈三员，那意味就不一样了。他们知道沈沅在政治条件上、业务能力上，都比他们优越，他们在提到"沈三员"时，就流露出相当复杂的情绪：嫉妒、羡慕、又有点讽刺。

沈沅来了之后，引起一些人的注目，也引起一些人侧目。

这些，沈沅自己都不知道。

她一直清清楚楚地记得第一天到这里时的情景。天刚刚亮，在一个小火车站下了车，空气很清凉。所里派了一个老工人赶了一辆单套车来接她。这老工人叫王栓。出了站，是一条很平整的碎石马路，两旁种着高高的加拿大白杨。她觉得这条路很美。不到半个钟头，王栓用鞭子一指："到了。过了石桥，就是农科所。"她放眼一望：整齐而结实的房屋，高大明亮的玻璃窗。一匹马在什么地方喷着响鼻。大树下原来亮着的植保研究室的诱捕灯忽然灭掉了。她心里非常感动。

这是一个地区一级的农科所，但是历史很久，积累的资料多，研究人员的水平也比较高，是全省的先进单位，在华北也是有数的。

她到各处看了看。大田、果园、菜园、苗圃、温室、种子仓库、水闸、马号、羊舍、猪场……这些东西她是熟悉的，她参观过好几个这样的农科所，大体上都差不多。不过，过去，这对她说起来好像是一幅一幅画；现在，她走到画里来了。晚上，一个人躺在床上，想：我也许会在这里生活一辈子。

她的工作分配在大田作物研究组，主要是做早稻田的助手。她很高兴。她在学校时就读过张老的论文，对他很钦佩。

她到早稻田的研究室去见他。

张老摘下眼镜，站起来跟她握手。他的握手的姿态特别恳挚，有点像日本人。

"你的学习成绩我看过了，很好。你写的《京西水稻调查》，我读过，很好。我摘录了一部分。"

早稻田抽出几张卡片和沈沅写的调查报告的铅印本。报告上有几处用红铅笔划了道。

沈沅不知说什么好，只好说："很幼稚。"

"你很年轻，是个女同志。"

沈沅正捉摸着他这句话是什么意思，他说：

"搞农业科学研究，是寂寞的。要安于寂寞。——一个水稻良种培育成功，到真正确定它的种性，要几年？"

"正常的情况下，要八年。"

"八年。以后会缩短。作物一年只生长一次。不能性急。搞农业，不要想一鸣惊人。农业研究，有很大的连续性。路，是很长的。在这条漫长的路上，没有敲锣打鼓，也没有欢呼。是的，很寂寞。但是乐在其中。"

张老的话给她留下很深刻的印象。

从此以后，她每天一早起来，就跟着早稻田到稻田去观察、记录。白天整理资料；晚上看书，或者翻译一点外文资料。

除了早稻田，她比较接近的人是俊哥儿李。

　　俊哥儿李她早就认识了。老李也是农大的，比沈沅早好几年。沈沅进校时，老李早就毕业走了。但是他的爱人留在农大搞研究，沈沅跟她很熟。她姓褚，沈沅叫她褚大姐。沈沅在褚大姐那里见过俊哥儿李好多次。

　　俊哥儿李是个谷子专家。他认识好几个县的种谷能手。谷子是低产作物，可是这一带的农民习惯于吃小米。他们的共同愿望，就是想摘掉谷子的低产帽子。俊哥儿李经常下乡。这些种谷能手也常来找他。一来，就坐满了一屋子。看看俊哥儿李那样一个衣履整齐，衬衫的领口、袖口雪白，头发一丝不乱的人，坐在一些戴皮帽的、戴毡帽的、系着羊肚子手巾的，长着黑胡子、白胡子、花白胡子的老农之间，彼此却是那样的自然，那样的亲热，是很有趣的。

　　这些种谷能手来的时候，沈沅就到俊哥儿李屋里去。听他们谈话，同时也帮着做做记录。

　　老李离不开他的谷子；褚大姐离开了农大的设备，她的研究工作就无法进行。因此，他们多年来一直过着两地生活。有时褚大姐带着孩子来这里住几天，沈沅一定去看她。

　　她和工人的关系很好。在地里干活休息的时候，女工们都愿意和她挤在一起。——这些女工不愿和别的女技术员接近,说她们"很酸"①。放羊的、锄豆埂的"半工子"②也常来找她,掰两根不结玉米的"甜杆",拔一把叫作酸苗的草根来叫她尝尝。"甜杆"真甜。酸苗酸的像醋,吃得人眼睛眉毛都皱在一起。下了工,从地里回来,工人的家属正在做饭,孩子缠着,绊手绊脚,她就把满脸鼻涕的娃娃抱过来,逗他玩半天。

她和那个赶单套车接她到所的老车倌王栓很谈得来。王栓没事时常上她屋里来,一聊半天。人们都奇怪:他俩有什么可聊的呢?这两个人有什么共同语言呢?主要是王栓说,她听着。王栓聊他过去的生活,这个所的历史,聊他和工人对这个所的干部和科研人员的评价。"早稻田"、"俊哥儿李"、"王咋唬",包括她自己的外号"沈三元",都是王栓告诉她的。沈沉听到"早稻田"、"俊哥儿李",哈哈大笑了半天。

王栓走了,沈沉屋里好长时间还留着他身上带来的马汗的酸味。她一点儿也不讨厌这种气味。

稻子收割了,羊羔子抓了秋膘了,葡萄下了窖了,雪下来了。雪化了,茵陈蒿在乌黑的地里绿了,羊角葱露了嘴了,稻田的冻土翻了,葡萄出了窖了,母羊接了春羔了,育苗了,插秧了。沈沉在这个农科所生活了快一年了。

---

① "很酸"是很高傲的意思。
② 半工子,即未成年的小工。

她不得不和他们接触的，还有一些人。一个是胡支书，一个是王作祜。胡支书是支部书记，王作祜是她们党小组的组长。

　　胡支书是个专职的支书。多少年来干部、工人，都称之为胡支书。他整天无所事事，想干点什么就干点什么。夏锄的时候，他高兴起来，会扛着大锄来锄两趟高粱；扬场的时候，扬几锨；下了西瓜、果子，他去过磅；春节包饺子，各人自己动手，他会系了个白围裙很热心地去分肉馅，分白面。他也可以什么都不干，和一个和他关系很亲密的老工人、老伙伴，在树林子里砍土坷垃，你追我躲，嘴里还笑着，骂着："我操你妈！"一玩半天，像两个孩子。他的本职工作，是给工人们开会讲话。他不读书，不看报，说起话来没有准稿子。可以由国际形势讲到秋收要颗粒归仓，然后对一个爱披着衣服到处走的工人训斥半天："这是什么样子！你给我把两个袖子捅上！"此人身材瘦削，嗓音奇高。他有个口头语："如论无何。"不知道为什么，他总把"无论如何"说成"如论无何"，而且很爱说这句话。在他的高亢刺耳，语无伦次的讲话中，总要出现无数次"如论无何"。

　　他在所里威信很高，因为他可以盖一个图章就把一个工人送进劳改队。这一年里，经他的手，已经送了两个。一个因为打架，一个是查出了历史问题——参加过一贯道。这两个工人的家属还在所里劳动，拖着两个孩子。

　　他是个酒仙，顿顿饭离不开酒。这所里有一个酒厂。

每天出酒之后，就看见他端着两壶新出淋的原汁烧酒，一手一壶，一壶四两，从酒厂走向他的宿舍，徜徉而过，旁若无人。

胡支书的得力助手是王作祜。

王作祜有两件本事，一是打扑克，一是做文章。

他是个百分大王，所向无敌。他的屋里随时都摆着一张空桌、四把椅子。拉开抽屉就是扑克牌和记分用的白纸、铅笔。每天晚上都能凑一桌，烟茶自备，一直打到十一二点。

他是所里的笔杆子，人称"一秘"。年轻的科技人员的语文一般都不太通顺。他是在中学时就靠搞宣传、编板报起家的，笔下很快。因此，所里的总结、报告、介绍经验的稿子，多半由他起草。

他尤其擅长于写批判稿，不管给他一个什么题目，他从胡支书屋里抱了一堆报纸，东翻翻，西找找，不到两个小时，就能写出一篇文情并茂的批判发言。

所里有一个老木匠，说了一句怪话。有人问他一个月挣多少钱，他说："咳，挣一壶醋钱。"有人反映给支部，王作祜认为这是反党言论，建议开大会批判。王作祜做了长篇发言，引经据典，慷慨激昂。会开完了，老木匠回到宿舍，说："王作祜咋唬点啥咧？"王咋唬的名字，就是这么来的。

沈沅忽然被打成了右派。

究竟是因为什么呢？

因为她在整风的时候，在党内的会议上提了意见，批评了领导？

因为她提出所领导对科研人员不够关心，张老需要一个资料柜，就是不给，他的大量资料都堆在地下？

因为她提出对送去劳改的两个工人都处理过重，这样下去，是会使党脱离群众的？

因为她提出群众对胡支书从酒厂灌酒，公私不分，有反映？

因为她提出一个管农业的书记向所里要了一块韭菜皮①，铺在他的院子里，这值不了多少钱，但是传开了很不好听，工人说："这不真成了刮地皮了？"

也许什么都不为，就因为她在这个农业科学研究所。研究所，顾名思义，是知识分子成堆的地方，怎么也得抓出一两个右派，才能完成"指标"。经过领导上研究，认为派她当右派合适。

主要的问题，据以定性的主要根据，是她的一篇日记。

这是一篇七年以前写的日记。

她的父亲半生漂泊在异国的海上，他一直想有一小片自己的土地。他把历年攒下的钱寄回国，托沈沅的舅舅买了一点田，还盖了一座一楼一底的房子。他想晚年回

---

① 韭菜是宿根生长。连根铲起一块土皮，移在别处，即可源源收割。这块土皮，就叫"韭菜皮"。

家乡住几年，然后就埋在这块土地上，有一个坟头，坟头立一块小小的石碑，让后人知道他曾经辛苦了一辈子。一九五一年土改。土改的工作队长是个从东北南下的干部，对侨乡情况不太了解；又因为当地干部想征用他那座房子，把他划成了地主。沈沅那年还在读高中。她不相信他的被海风吹得脸色紫黑，五个脚趾一般齐的父亲是地主，就在日记里写下了她的困惑与不满。

问题本来已经解决了。在农大入党的时候，农大党组织为了核实她的家庭出身，曾经两次到她的家乡外调，认为她的父亲最多能划一个小土地出租者，她的成份没有问题，批准了她的入党要求。她对自己当时的困惑和不满也做了检查，认为是立场不稳，和党离心离德。

没想到……

这些天，有的干部和工人就觉得所里的空气有点不大对。胡支书屋里坐了一屋子人在开会，屋门从里面倒插着。王作祜晚上不打牌了，他屋里的灯十二点以后还亮着。党团员和积极分子的脸上都异样的紧张而严肃。他们知道，要出什么事了。

一个早上，安静平和的农科所变了样。居于全所中心的种子仓库外面的墙上贴满了大字报："击退反党分子沈沅的猖狂进攻"，"不许沈沅污蔑党的领导"，"一个阶级异己分子的自供状——沈沅日记摘抄"，"一定要把农科所的一面白旗拔掉"，"剥下沈沅清高纯洁的外衣"，"铲除蒋介石反攻大陆的社会基础"。有文字，还有漫画。有一张漫画，画着一个少女向蒋介石低头屈膝。这个少女竟然只穿了乳罩和三角裤衩！这是王作祜的手笔。

沈沅一点思想准备都没有。她一早起来，要到稻田去。一看这么多大字报，她懵了。她硬着头皮把这些大字报看下去。她脸色煞白，带着一种奇怪的微笑。有两个女工迎面看见她，吓了一跳。她们小声说："坏了！她要疯！"看到那张戴着乳罩穿三角裤衩的漫画，她眼前一黑，几乎栽倒。一只大手从后面扶住了她。她定了定神，听见一个声音："真不像话！"那是王栓。她觉得干哕，恶心，头晕。她摇摇晃晃地走向自己的宿舍。

她对于运动的突出的感觉是：莫名其妙。她也参加过几次政治运动，但是整到自己的头上，这还是第一次。她坐在会场里，听着、记着别人的批判发言，她始终觉得这不是真事，这是荒唐的，不可能的，她会忽然想起《格列佛游记》，想起大人国、小人国。

发言是各式各样的，大家分题作文。王作祜带着强烈的仇恨，用炸弹一样的语言和充满戏剧性的姿态大喊大叫。有一些发言把一些不相干的小事和一些本人平时没有觉察到的个人恩怨拉扯成了很长的一篇，而且都说成是严重的政治问题、世界观问题、立场问题。屠格涅夫、列宾和她的白脸盆都受到牵连，连她的长相、走路的姿势都受到批判。

写了无数次检查，听了无数次批判，在毫无自卫能力的情况下，忍受着各种离奇而难堪的侮辱，沈沅的精神完全垮了。她的神经麻木了。她听着那些锋利尖刻的语言，会不明白那是什么意思。她的脑子会出现一片空白，一点儿思想都没有，像是曝了光的底片。她有时一动不动地坐着，像一块石头。她不再觉得痛苦，只是非常的疲倦。她想：怎么都行，定一个什么罪名，给一个什么处分都行，只求快一点，快一点过去，不要再开会，不要再写检查。

　　总算，一个高亢尖厉的声音宣布："批判大会暂时开到这里。"

　　沈沅回到屋里，用一盆冷水洗了洗头，躺下来，立刻就睡着了。她睡得非常实在，连一个梦都没有。她好像消失了。什么也不知道。太阳偏西了，她不知道。卸了套、饮过水的骡马从她的窗外郭嗒郭嗒地走过，她不知道。晚归的麻雀在她的檐前吱喳吵闹着回窠了，她不知道。天黑了，她不知道。

　　她朦朦胧胧闻到一阵一阵马汗的酸味，感觉到床前坐着一个人。她拉开床头的灯，床前坐着王栓，泪流满面。

　　沈沅每天下班都到井边去洗脸，王栓也每天这时去饮马。马饮着水，得一会儿，他们就站着闲聊。马饮完了，王栓牵着马，沈沅端着一盆明天早上用的水，一同往回走（沈阮的宿舍离马号很近）。自从挨了批斗，她就改在天黑人静之后才去洗脸，因为那张恶劣的漫画就贴在井边的墙上。过了两天，沈沅发现她的门外有一个木桶，里面有半桶清水。她用了。第二天，水桶提走了。不到傍晚，水桶又送来了。她知道，这是王栓。她想：一个"粗人"，感情却是这样的细！

现在，王栓泪流满面地坐在她的面前。她觉得心里热烘烘的。

"我来看看你。你睡着了，睡得好实在！你受委屈了！他们为什么要这样整你，折磨你？听见他们说的那些话，我的心疼。他们欺负人！你不要难过。你要好好的。俺们，庄户人，知道什么是谷子，什么是秕子。俺们心里有杆秤。他们不要你，俺们要你！你要好好的，一定要好好的！你看你两眼塌成个啥样了！要好好的！你的光阴多得很，你要好好的。你还要做很多事，你要好好的！"

沈沅的眼泪流下来了。她一边流泪，一边点头。

"我走了。"

沈沅站起来送他。王栓走了两步，又停住，回头。

"你不要想死。千万不要想走那条路。"

沈沅点点头。

"你答应我。"

"我答应你，王栓，我不死。"

王栓走后，沈沅躺在床上，眼泪不断地涌出来。她听见自己的眼泪大滴大滴地落在枕头上，叭哒——叭哒……

沈沅的结论批下来了，定为一般右派，就在本所劳动。

她很镇定，甚至觉得轻松。她觉得这没有什么。像一个人从水里的踏石上过河，原来怕湿了鞋袜；后来掉在河里，衣裤全湿了，觉得也不过就是这样，心里反而踏实了。

只有一次，她在火车站的墙上看到一条大标语：把"地富反坏右"列在一起，她才觉得心里很不好受。国庆节前夕，胡支书特地通知她这两天不要进城，她的心往下一沉。

她跟周围人的关系变了。

在路上碰到所里的人，她都是把头一低。

在地里干活休息时，她一个人远远地坐着。原来爱跟她挤在一起的女工故意找话跟她说，她只是简单地回答一两个字。收工的时候，她都是晚走一会儿，不和这些女工一同走进所里的大门。

她到稻田去拔草，看见早稻田站在一个小木板桥上。这是必经之路，她只好走过去。早稻田只对她说了一句话："沈沅，要注意身体。"她没有说话，点了点头。早稻田走了，沈沅望着他的背影，在心里说："谢谢您！"

她看见俊哥儿李的女儿在渠沿上玩，知道褚大姐来了。收工的时候，褚大姐在离所门很远的路边等着沈沅，一把抓住她的手："你为什么不来看我？"沈沅只是凄然一笑，摇摇头。——"你要什么书？我给你寄来。"沈沅想了一想，说："不要。"

但是她每天好像过得挺好。她喜欢干活。在田野里，晒着太阳，吹着风，呼吸着带着青草和庄稼的气味的空气，她觉得很舒畅。她使劲地干活，累得满脸通红，全身是汗，以至使跟她一块儿干活的女工喊叫起来："沈沅！沈沅！你干什么！"她这才醒悟过来："哦！"把手脚放慢一些。

她还能看书，每天晚上，走过她的窗前，都可以看到她坐在临窗的小桌上看书，精神很集中，脸上极其平静。

过了三年。

这三年真是热闹。

五八、五九，搞了两年大跃进。深翻地，翻到一丈二。用贵重的农药培养出二尺七寸长的大黄瓜，装在一个特制的玻璃匣子里，用福尔马林泡着。把两穗"大粒白"葡萄"靠接"起来当作一串，给葡萄注射葡萄糖。把牛的精子给母猪授上，希望能下一个麒麟一样的东西，——牛大的猪。"卫星"上天，"大王"升帐，敢想敢干，敲锣打鼓，天天像过年。

后来又闹了一阵"超声波"。什么东西都"超"一下。农、林、牧、副、渔，只要一"超"，就会奇迹一样地增长起来。"超"得鸡飞狗跳，小猪仔的鬃毛直竖，山丁子小树苗前仰后合。

胡支书、王咋唬忙得很，报喜，介绍经验，开展览会……

最后是大家都来研究代食品，研究小球藻和人造肉，因为大家都挨了饿了。

只有早稻田还是每天一早到稻田，俊哥儿李还是经常下乡，沈沅还是劳动、看书。

一九六一年夏天，调来一位新所长（原来的所长是个长期病号，很少到所里来），姓赵。所里很多工人都知道他。他在抗日战争期间是一个武工队长，常在这一带活动。老人们都说他"低头有计"，传诵着关于他的一些传奇性的故事。他的左太阳穴有一块圆形的伤疤，一咬东西就闪闪发亮。这是当年的枪伤。他在抗日战争时期就是县委一级的干部，现在还是县委一级。原因是：一贯右倾，犯了几次错误。

他是骑了一辆自己装了马达的自行车来上任的，还不失当年武工队长的风度。他来之后，所里就添了一种新声音。只要听见马达突突的声音，人们就知道赵所长奔什么方向去了。

他一来，就下地干活。在大田、果园、菜园、苗圃，都干了几天。他一边干活，工人一边拿眼睛瞄着他。结论是："赵所长的农活——啧啧啧！"他跟工人在一起，说说笑笑，不分彼此。工人跟他也无拘无束，无话不谈。工人们背后议论："新来的赵所长，这人——不赖！"王栓说："敢是！这人心里没假。他的心是一块阳泉炭，划根火柴就能点着。烧完了是一堆白灰。"

干了差不多一个月的活，他把所里历年的总结，重要的会议记录都找来，关起门来看了十几天，校出了不少错字。

然后，到科研人员的家里挨门拜访。

访问了俊哥儿李。

"老褚的事，要解决。老是鹊桥相会，那怎么行！我们想把她的研究项目接过来。这个项目，我们地区需要。农大肯交给我们最好。不行的话，我们搞一套设备。我了解了一下，地区还有这个钱。等我和地委研究一下。"

看见老李屋里摆了好些凳子，知道他那些攻谷子低产关的农民朋友要来，老赵就留下来听了半天他们的座谈会。中午，他捧了一个串门大碗，盛了一碗高粱米饭，夹了几个腌辣椒和大家一同吃了饭。饭后，他问："他们的饭钱是怎么算的？"老李说："他们是我请来的客人。"——"这怎么行！"他转身就跑到总务处，"这钱以后由公家报。出在什么项目里，你们研究！"

访问了早稻田。

"张老，张老！我来看看您，不打搅吗？"

"欢迎，欢迎！不打搅，不打搅！"

"我来拜师了。"

"不敢当！如果有什么关于水稻的普通的问题……"

"水稻我也想学。我是想来向您学日语。抗日战争时期，因为工作需要，我学了点日语，——那时要经常跟鬼子打交道嘛，现在几乎全忘光了。我想拾起来，就来找您这位早稻田了！"

"我不是早稻田毕业的。"

赵所长把"早稻田"的来由告诉早稻田，这位老科学家第一次知道他有这样一个外号，他哈哈大笑：

"我乐于接受这个外号。我认为这是对我个人工作的很高的评价。"

赵所长问张老工作中有什么困难，什么要求。

"我需要一个助手。"

"您看谁合适？"

"沈沅。"

"还需要什么？——需要一个柜子。"

"对！您看看我的这些资料！"

"柜子，马上可以解决，半个小时之内就给您送来。沈沅的问题，等我了解一下。"

"这里有一份俄文资料。我的俄文是自修的，恐怕理解得不准确，想请沈沅翻译一下，能吗？"

"交给我！"

沈沅正在菜地里收蔓菁，王栓赶着车下地，远远地就喊：

"哎，沈沅！"

沈沅抬起头来。

"叫我？什么事？"

"赵所长叫你上他屋里去一趟。"

"知道啦。"

什么事呢？她微微觉得有点不安。她听见女工们谈论过新来的所长，也知道王栓说这人的心是一块阳泉炭，她有点奇怪，这个人真有这么大的魅力么？

前几天，她从地里回来，迎面碰着这位所长推了自行车出门。赵所长扶着车把，问：

"你是沈沉吗？"

"是的。"

"你怎么这么瘦？"

沈沉心里一酸。好久了，没有人问她胖啦瘦的之类的话了。

"我要进城去。过两天你来找找我。"

说罢，他踩响了自行车的马达，上车走了。

现在，他找她，什么事呢？

沈沉在大渠里慢慢地洗了手，慢慢地往回走。

赵所长不在屋。门开着。一个五六岁的女孩子趴在桌上画小人。

孩子听见有人进屋，并不回头，还是继续画小人。

"您是沈阿姨吗？爸爸说：他去接一个电话，请您等一等，他一会儿就回来。您请坐。"

孩子的声音像花瓣。她的有点紧张的心情完全松弛了下来。她看了看新所长的屋子。

墙上挂着一把剑——一件真正的古代的兵器，不是舞台上和杂技团用的那种镀镍的道具。鲨鱼皮的剑鞘，剑柄和吞口都镂着细花。

一张书桌。桌上有好些书。一套《毛选》、很多农业科技书：作物栽培学、土壤、植保、果树栽培各论、马铃薯晚疫病……两本《古文观止》、一套《唐诗别裁》、一函装在蓝布套里的影印的《楚辞集注》、一本崭新的《日语初阶》。桌角放着一摞杂志，面上盖着一本《农大学报》的油印本：《京西水稻调查——沈沅》。

一个深深的紫红砂盆，里面养着一块拳头大的上水石，盖着毛茸茸的一层厚厚的绿苔，长出一棵一点点大，只有七八个叶子的虎耳草。紫红的盆，碧绿的苔，墨蓝色的虎耳草的圆叶，淡白的叶纹。沈沅不禁失声赞叹：

"真好看！"

"好看吗？——送你！"

"……赵所长，您找我？"

"你这篇《京西水稻调查》，写得不错呀！有材料，有见解，文笔也好。科学论文，也要讲究一点文笔嘛！——文如其人！朴素，准确，清秀。——你这样看着我，是说我这个打仗出身的人不该谈论文章风格吗？"

"……您不像个所长。"

"所长？所长是什么？——大概是从七品！——这是一篇俄文资料，张老想请你翻译出来。"

沈沅接过一本俄文杂志，说：

"我现在能做这样的事吗？"

"为什么不能？"

"好，我今天晚上赶一赶。"

"不用赶，你明天不要下地了。"

"好。"

"从明天起，你不要下地干活了。"

"……？"

"我这个人，存不住话。告诉你，准备给你摘掉右派的帽子。报告已经写上去了，估计不会有问题。本来可以晚几天告诉你，何必呢？早一天告诉你，让你高兴高兴，不好吗？有的同志，办事总是那么拖拉。他不知道，人家是度日如年呀！——祝贺你！"

他伸出手来。沈沅握着他的温暖的手，眼睛湿了。

"谢谢您！"

"谢我干什么？我们需要人，我们迫切地需要人！你是党培养出来的知识分子。种地的，哪有把自己种出来的好苗锄掉的呢？没这个道理嘛！你有什么想法，什么打算？"

"这事来得太突然了。"

"不突然。事情总要有一个过程。有的过程，付出的代价太大了！我这人，老犯错误。我这些话，叫别人听见，大概又是错误。有一些话，我现在不能跟你讲呀！——我看，你先回去一趟。"

"回去？"

"对。回一趟你的老家。"

"我家里没有人了。"

"我知道。"

三个多月前，沈沅接到舅舅一封信，说她父亲得了严重的肺气肿，回国来了，想看看他的女儿。沈沅拿了信去找胡支书，问她能不能请假。胡支书说："……你现在这个

184

情况。好吧，等我们研究研究。"过了一个星期，舅舅来了一封电报，她的父亲已经死了。她拿了电报去向胡支书汇报。胡支书说：

"死了。死了也好嘛！你可以少背一点包袱。——埋了吗？"

"埋了。"

"埋了就得了。——好好劳动。"

沈沅没有哭，也没有戴孝。白天还是下地干活，晚上一个人坐着。她想看书，看不下去。她觉得非常对不起她的父亲。父亲劳苦了一生，现在，他死了。她觉得父亲的病和死都是她所招致的。她没有把自己这些年的遭遇告诉父亲。但是她觉得他好像知道了，她觉得父亲的晚景和她划成右派有着直接的关系。好几天，她不停地胡思乱想。她觉得她的命不好。她自己也觉得很奇怪，一个年轻的，受过大学教育的共产党员，怎么会相信起命来呢？——人到了无可奈何的时候是很容易想起"命"这个东西来的。

好容易，她的伤痛才渐渐平息。

赵所长怎么会知道她家里已经没有人了呢？

"你还是回去看看。人死了，看看他的坟。我看可以给他立一块石碑。"

"您怎么知道我父亲想在坟头立一块石碑的？"

"你的档案材料里有嘛！你的右派结论里不也写着吗？——'一心为其地主父亲树碑立传'。这都是什么话呢！一个老船工，在海外漂泊多年，这样一点心愿为什么不能满足他呢？我们是无鬼论者，我们并不真的相信泉下有知。但是人总是人嘛，人总有一颗心嘛。共产党员也是人，也有心嘛。共产党员不是没有感情的。无情的人，不是共产党员！——我有点激动了！你大概也知道我为什么激动。本来，你没有直系亲属了，没有探亲假。我可以批准你这次例外的探亲假。如果有人说这不合制度，我负责！你明天把资料翻译出来，——不长。后天就走。我送你。叫王栓套车。"

沈沅哭了。

"哭什么？我们是同志嘛！"

沈沅哭得更厉害了。

"不要这样。你的工作，回来再谈。这盆虎耳草，我替你养着。你回来，就端走。你那屋里，太素了！年轻人，需要一点颜色。"

一只绿豆大的通红的七星瓢虫飞进来，收起它的黑色的膜翅，落在虎耳草墨绿色的圆叶上。赵所长的眼睛一亮，说：

"真美！"

不到假满，沈沅就回来了。

她的工作，和原先一样，还是做早稻田的助手。

很快到年底了。又开一年一度的先进工作者评比会了。赵所长叫沈沅也参加。

沈沅走进大田作物研究组的大办公室。她已经五年没有走进这间屋子了。俊哥儿李主持会议。他拉开一张椅子，亲切地让沈沅坐下。

"这还是你的那张椅子。"

沈沅坐下，跟所有的人都打了招呼。别人也向她点头致意。王作祜装着低头削铅笔。

在酝酿候选人名单时，一向很少说话的早稻田头一个发言。

"我提一个人。"

"……谁？"

"沈沅。"

大家先是一愣，接着，都笑了。连沈沅自己也笑了。早稻田是很严肃的，他没有笑。

会议进行得很热烈。赵所长靠窗坐着，一面很注意地听着发言，一面好像想着什么事。会议快结束时，下雪了。好雪！赵所长半眯着眼睛，看着窗外大片大片的雪花无声地落在广阔的田野上。他是在赏雪么？

俊哥儿李叫他："赵所长，您讲讲吧！"

早稻田也说："是呀，您有什么指示呀？"

"指示？——没有。我在想：我，能不能附张老的议，投她——沈沅一票。好像不能。刚才张老提出来，大家不是都笑了吗？是呀，我们毕竟都还生活在现实的世界里，还不能摆脱世俗的习惯和观念。那，就等一年吧。"

他念了两句龚定庵的诗：

我劝天公重抖擞，
不拘一格降人才。

接着，又用沉重的声音，念了两句《离骚》：

亦余心之所善兮，
虽九死其犹未悔！

沈沅在心里想：
"你真不像个所长。"

一九八〇年十二月十一日六稿
载一九八一年第二期《北京文学》

岁寒三友

　　这三个人是：王瘦吾、陶虎臣、靳彝甫。王瘦吾原先开绒线店，陶虎臣开炮仗店，靳彝甫是个画画的。他们是从小一块长大的。这是三个说上不上，说下不下的人。既不是缙绅先生，也不是引车卖浆者流。他们的日子时好时坏。好的时候桌上有两个菜，一荤一素，还能烫二两酒；坏的时候，喝粥，甚至断炊。三个人的名声倒都是好的。他们都没有做过伤天害理的事，对人从不尖酸刻薄，对地方的公益，从不袖手旁观。某处的桥坍了，要修一修；哪里发现一名"路倒"，要掩埋起来；闹时疫的时候，在码头路口设一口瓷缸，内装药茶，施给来往行人；一场大火之后，请道士打醮禳灾……遇有这一类的事，需要捐款，首事者把捐簿伸到他们的面前时，他们都会提笔写下一个谁看了也会点头的数目。因此，他们走在街上，一街的熟人都跟他们很客气地点头打招呼。

　　"早！"

　　"早！"

　　"吃过了？"

"偏过了，偏过了！"

王瘦吾真瘦，瘦得两个肩胛骨从长衫的外面都看得清清楚楚。他年轻时很风雅过几天。他小时开蒙的塾师是邑中名士谈甓渔，谈先生教会了他作诗。那时，绒线店由父亲经营着，生意不错，这样他就有机会追随一些阔的和不太阔的名士，春秋佳日，文酒雅集。遇有什么张母吴太夫人八十寿辰征诗，也会送去两首七律。瘦吾就是那时落下的一个别号。自从父亲一死，他挑起全家的生活，就不再作一句诗，和那些诗人们也再无来往。

他家的绒线店是一个不大的连家店。店面的招牌上虽写着"京广洋货，零趸批发"，所卖的却只是：丝线、绦子、头号针、二号针、女人钳眉毛的镊子、刨花①、抿子（涂刨花水用的小刷子）、品青、煮蓝、僧帽牌洋蜡烛、太阳牌肥皂、美孚灯罩……种类很多，但都值不了几个钱。每天晚上结账时都是一堆铜板和一角两角的零碎的小票，难得看见一块洋钱。

这样一个小店，维持一家生活，是困难的。王瘦吾家的人口日渐增多了。他上有老母，自己又有了三个孩子。小的还在娘怀里抱着。两个大的，一儿一女，已经都在上小学了。不用说穿衣，就是穿鞋也是个愁人的事。

---

① 桐木刨出来的薄薄的长条。泡在水里，稍带黏性。过去女人梳头掠发，离不开它。

儿子最恨下雨。小学的同学几乎全部在下雨天都穿了胶鞋来上学，只有他穿了还是他父亲穿过的钉鞋①。钉鞋很笨，很重，走起来还嘎啦嘎啦地响。他一进学校的大门，同学们就都朝他看，看他那双鞋。他闹了好多回。每回下雨，他就说："我不去上学了！"妈都给他说好话："明年，明年就买胶鞋。一定"！——"明年！您都说了几年了！"最后还是嘟着嘴，挟了一把补过的旧伞，走了。王瘦吾听见街石上儿子的钉鞋愤怒的声音，半天都没有说话。

女儿要参加全县小学秋季运动会，表演团体操，要穿规定的服装：白上衣、黑短裙。这都还好办。难的是鞋，——要一律穿白球鞋。女儿跟妈要。妈说："一双球鞋，要好几块钱。咱们不去参加了。就说生病了，叫你爸写个请假条。"女儿不像她哥发脾气，闹，她只是一声不响，眼泪不停地往下滴。到底还是去了。这位能干的妈跟邻居家借来一双球鞋，比着样子，用一块白帆布连夜赶做了一双。除了底子是布的，别处跟买来的完全一样。天亮的时候，做妈的轻轻地叫："妞子，起来！"女儿一睁眼，看见床前摆着一双白鞋，趴在妈胸前哭了。王瘦吾看见妻子疲乏而凄然的笑容，他的心酸。

因此，王瘦吾老想发财。

这财，是怎么个发法呢？靠这个小绒线店，是不可能

---

① 现在的年轻人连钉鞋也不知道了！钉鞋是一种纳帮很结实的布鞋，也有用生牛皮做的，在桐油里浸过，鞋底钉了很多奶头大的铁钉。在未有胶鞋之前，这便是雨鞋。

有什么出息的。他得另外想办法。这城里的街，好像是傍晚时的码头，各种船只，都靠满了。各行各业，都有个固定的地盘，想往里面再插一只手，很难。他得把眼睛看到这个县城以外，这些行业以外。他做过许多不同性质的生意。他做过虾籽生意，醉蟹生意，腌制过双黄鸭蛋。张家庄出一种木瓜酒，他运销过。本地出一种药材，叫作豨莶，他收过，用木船装到上海（他自己就坐在一船高高的药草上），卖给药材行。三叉河出一种水仙鱼，他曾想过做罐头……他做的生意都有点别出心裁，甚至是想入非非。他隔个把月就要出一次门，四乡八镇，到处跑。像一只饥饿的鸟，到处飞，想给儿女们找一口食。回来时总带着满身的草屑灰尘；人，越来越瘦。

后来他想起开工厂。他的这个工厂是个绳厂，做草绳和钱串子。蓑衣草两股，绞成细绳，过去是穿制钱用的，所以叫作钱串子。现在不使制钱了，店铺里却离不开它。茶食店用来包扎点心，席子店捆席子，卖鱼的穿鱼鳃。绞这种细绳，本来是湖西农民冬闲时的副业，一大捆一大捆挑进城来兜售。因为没有准人，准时，准数，有时需用，却遇不着。有了这么个厂，对于用户方便多了。王瘦吾这个厂站住了。他就不再四处奔跑。

这家工厂，连王瘦吾在内，一共四个人。一个伙计搬运，两个做活。有两架"机器"，倒是铁的，只是都要用手摇。这两架机器，摇起来嘎嘎地响，给这条街增添了一种新的声音，和捶铜器、打烧饼、算命瞎子的铜铛的声音混和在一起。不久，人们就习惯了，仿佛这声音本来就有。

初二、十六^①的傍晚，常常看到王瘦吾拎了半斤肉或一条鱼从街上走回家。

每到天气晴朗，上午十来点钟，在这条街上，就可以听到从阴城方向传来爆裂的巨响：

"砰——磅！"

大家就知道，这是陶虎臣在试炮仗了。孩子们就提着裤子向阴城飞跑。

阴城是一片古战场。相传韩信在这里打过仗。现在还能挖到一种有耳的尖底陶瓶，当地叫作"韩瓶"，据说是韩信的部队所用的行军水壶。说是这种陶瓶冬天插了梅花，能结出梅子来。现在这里是乱葬岗，不知道从什么时候起叫作"阴城"。到处是坟头、野树、荒草、芦荻。草里有蛤蟆、野兔子、大极了的蚂蚱、油葫芦、蟋蟀。早晨和黄昏，有许多白颈老鸦。人走过，就哑哑地叫着飞起来。不一会，又都纷纷地落下了。

这里没有住户人家。只有一个破财神庙，里面住着一个侉子。这侉子不知是什么来历。他杀狗，吃肉，——阴城里野狗多的是，还喝酒。

这地方很少有人来。只有孩子们结伴来放风筝，掏蟋蟀。再就是陶虎臣来试炮仗。

---

① 这是店铺里打牙祭的日子。

试的是"天地响"。这地方把双响的大炮仗叫"天地响",因为地下响一声,飞到半空中,又响一声,炸得粉碎,纸屑飘飘地落下来。陶家的"天地响"一听就听得出来,特别响。两响之间的距离也大——蹿得高。

"砰——磅!"

"砰——磅!"

他走一二十步,放一个,身后跟着一大群孩子。孩子里有胆大的,要求放一个,陶虎臣就给他一个:

"点着了快跑!——崩疼了可别哭!"

其实是崩不着的。陶虎臣每次试炮仗,特意把其中的几个的捻子加长,就是专为这些孩子预备的。捻子着了,嗤嗤地冒火,半天,才听见响呢。

陶家炮仗店的门口也是经常围着一堆孩子,看炮仗师父做炮仗。两张白木的床子,有两块很光滑的木板。把一张粗草纸裹在一个钢钎上,两块木板一搓,吱溜——,就是一个炮仗筒子。

孩子们看师傅做炮仗,陶虎臣就伏在柜台上很有兴趣地看这些孩子。有时问他们几句话:

"你爸爸在家吗?干嘛呢?"

"你的疟腮好了吗?"

孩子们都知道陶老板人很和气,很喜欢孩子,见面都很愿意叫他:

"陶大爷!"

"陶伯伯!"

"哎，哎。"

陶家炮仗店的生意本来是不错的。

他家的货色齐全。除了一般的鞭炮，还出一种别家不做的鞭，叫作"遍地桃花"。不但外皮，连里面的筒子都一色是梅红纸卷的。放了之后，地下一片红，真像是一地的桃花瓣子。如果是过年，下过雪，花瓣落在雪地上，红是红，白是白，好看极了。

这种鞭，成本很贵，除非有人定做，平常是不预备的。

一般的鞭炮，陶虎臣自己是不动手的。他会做花炮。一筒大花炮，能放好几分钟。他还会做一种很特别的花，叫作"酒梅"。一棵弯曲横斜的枯树，埋在一个瓷盆里，上面串结了许多各色的小花炮，点着之后，满树喷花。火花射尽，树枝上还留下一朵一朵梅花，蓝荧荧的，静悄悄地开着，经久不熄。这是棉花浸了高粱酒做的。

他还有一项绝技，是做焰火。一种老式的焰火，有的地方叫作花盒子。

酒梅，焰火，他都不在店里做，在家里做。因为这有许多秘方，不能外传。

做焰火，除了配料，关键是串捻子。串得不对，会轰隆一声，烧成一团火。弄不好，还会出事。陶虎臣的一只左眼坏了，就是因为有一次放焰火，出了故障，不着了，他搭了梯子爬到架上去看，不想焰火忽然又响了，一个火球迸进了瞳孔。

陶虎臣坏了一只眼睛，还看不出太大的破相，不像一般有残疾的人往往显得很凶狠。他依然随时是和颜悦色的，带着宽厚而慈祥的笑容。这种笑容，只有与世无争生活上容易满足的人才会有。

但是他的这种心满意足的神情逐年在消退。鞭炮生意，是随着年成走的。什么时候风调雨顺，国泰民安，什么时候炮仗店就生意兴隆。这样的年头，能够老是有么？

"遍地桃花"近年很少人家来定货了。地方上多年未放焰火，有的孩子已经忘记放焰火是什么样子了。

陶虎臣长得很敦实，跟他的名字很相称。

靳彝甫和陶虎臣住在一条巷子里，相隔只有七八家。谁家的火灭了，孩子拿了一块劈柴，就能从另一家引了火来。他家很好认，门口钉着一块铁皮的牌子，红底黑字："靳彝甫画寓"。

这城里画画的，有三种人。

一种是画家。这种人大都有田有地，不愁衣食，作画只是自己消遣，或作为应酬的工具。他们的画是不卖钱的。求画的人只是送几件很高雅的礼物。或一坛绍兴花雕，或火腿、鱼、白沙枇杷，或一套讲究的宜兴紫砂茶具，或两大盆正在苫箭子的建兰。他们的画，多半是大写意，或半工半写。工笔画他们是不耐烦画的，也不会。

一种是画匠。他们所画的，是神像。画得最多的是"家神菩萨"。这"家神菩萨"是一个大家族：头一层是南海观音的一伙，第二层是玉皇大帝和他的朝臣，第三层是关帝老爷和周仓、关平，最下一层是财神爷。他们也在玻璃的反面用油漆画福禄寿三星（这种画美术史家称之为"玻璃油画"），作插屏。他们是在制造一种商品，不是作画。而且是流水作业，描花纹的是一个人（照着底子描），"开脸"的是一个人，着色的是另一个人。他们的作坊，叫作"画匠店"。一个画匠店里常有七八个人同时做活，却听不到一点声音，因为画匠多半是哑巴。

靳彝甫两者都不是。也可以说是介乎两者之间的那么一种人。比较贴切些，应该称之为"画师"，不过本地无此说法，只是说"画画的"。他是靠卖画吃饭的，但不像画匠店那样在门口设摊或批发给卖门神"欢乐"的纸店[①]，他是等人登门求画的（所以挂"画寓"的招牌画）。他的画按尺论价，大青大绿另加，可以点题。来求画的，多半是茶馆酒肆、茶叶店、参行、钱庄的老板或管事。也有那些闲钱不多，送不起重礼，攀不上高门第的画家，又不甘于家里只有四堵素壁的中等人家。他们往往喜欢看着他画，靳彝甫也就欣然对客挥毫。主客双方，都很满意。他的画署名（画匠的作品是从不署名的），但都不题上款，因为不好称呼，深了不是，浅了不是，题了，人家也未必高兴，所以只是简单地写四个字："靳彝甫铭"。若是佛像，则题"靳铭沐手敬绘"。

---

① 在梅红纸上用刻刀镂刻出透空的细致的吉祥花纹，贴在门头上，小的叫"吊钱"，大的叫"欢乐"，有的地方叫"吊挂"。

靳家三代都是画画的。家里积存的画稿很多。因为要投合不同的兴趣，山水、人物、翎毛、花卉，什么都画。工笔、写意、浅绛、重彩不拘。

他家家传会写真，都能画行乐图（生活像）和喜神图（遗像）。中国的画像是有诀窍的。画师家都藏有一套历代相传的"百脸图"。把人的头面五官加以分析，定出一百种类型。画时端详着对象，确定属于哪一类，然后在此基础上加减，画出来总是有几分像的。靳彝甫多年不画喜神了。因为画这种像，经常是在死人刚刚断气时，被请了去，在床前对着勾描。他不愿看死人。因此，除了至亲好友，这种活计，一概不应。有来求的，就说不会。行乐图，自从有了照相馆之后，也很少有人来要画了。

靳彝甫自己喜欢画的，是青绿山水和工笔人物。青绿山水、工笔人物，一年能收几件呢？因此，除了每年端午，他画几十张各式各样的钟馗，挂在巷口如意楼酒馆标价出售，能够有较多的收入，其余的时候，全家都是半饥半饱。

虽然是半饥半饱，他可是活得有滋有味，他的画室里挂着一块小匾，上书"四时佳兴"。画室前面有一个很小的天井。靠墙种了几竿玉屏萧竹。石条上摆着茶花、月季。一个很大的钧窑平盘里养着一块玲珑剔透的上水石，蒙了半寸厚的绿苔，长着虎耳草和铁线草。冬天，他总要养几头单瓣的水仙。不到三寸长的碧绿的叶子，开着白玉一样的繁花。春天，放风筝。他会那样耐烦地用一个称金子用的小戥子约着蜈蚣风筝两边脚上的鸡毛（鸡毛分量稍差，蜈蚣上天就会打滚）。夏天，用莲子种出荷花。不大的荷叶，直径三寸的花，下面养了一二分长的小鱼。秋天，养蟋蟀。他家藏有一本托名贾似道撰写的《秋虫谱》。养蟋蟀的泥罐还是他祖父留下来的旧物。每天晚上，他点一个灯笼，到阴城去掏蟋蟀。财神庙的那个傧子，常常一边喝酒、吃狗肉，一边看这位大胆的画师的灯笼走走，停停，忽上，忽下。

他有一盒爱若性命的东西，是三块田黄石章。这三块田黄都不大，可是跟三块鸡油一样！一块是方的，一块略长，还有一块不成形。数这块不成形的值钱，它有文三桥① 刻的边款（篆文不知叫一个什么无知的人磨去了）。文三桥呀，可着全中国，你能找出几块？有一次，邻居家失火，他什么也没拿，只抢了这三块图章往外走。吃不饱的时候，只要把这三块图章拿出来看看，他就觉得对这个世界没有什么可抱怨的了。

这一年，这三个人忽然都交了好运。

王瘦吾的绳厂赚了钱。他可又觉得这个买卖货源、销路都有限，他早就想好了另外一宗生意。这个县北乡高田多种麦，出极好的麦秸，当地农民多以掐草帽辫为副业。每年有外地行商来，以极便宜的价钱收去。稍经加工，就成了草帽，又以高价卖给农民。王瘦吾想：为什么不能就地制成草帽呢？这钱为什么要给外地人赚去呢？主意已

---

① 文征明的长子，名彭，字寿承，三桥是他的别号。

定，他就把两台绞绳机盘出去，买了四架扎草帽的机子，请了一个师傅，教出三个徒弟，就在原来绳厂的旧址，办起了一个草帽厂。城里的买卖人都说：王瘦吾这步棋看得准，必赚无疑！草帽厂开张的那天，来道喜和看热闹的人很多。一盘草帽辫，在师傅手里，通过机针一扎，哒哒地响，一会儿工夫，哎，草帽盔出来了——又一会儿，草帽边！——成了！一顶一顶草帽，顷刻之间，摞得很高。这不是草帽，这是大洋钱呀！这一天，靳彝甫送来一张"得利图"，画着一个白须的渔翁，背着鱼篓，提着两尾金鳞赤尾的大鲤鱼。凡看了这张画的，无不大笑：这渔翁的长相，活脱就是王瘦吾！陶虎臣特地送来一挂遍地桃花满堂红的一千头的大鞭，砰砰磅磅响了好半天！

陶虎臣从来没有做过这么大的焰火生意。这一年闹大水。运河平了漕。西北风一起，大浪头翻上来，把河堤上丈把长的青石都卷了起来。看来，非破堤不可。很多人家扎了筏子，预备了大澡盆，天天晚上不敢睡，只等决堤水下来时逃命。不料，河水从下游泻出，伏汛安然度过，保住了无数人畜。秋收在望，市面繁荣，城乡一片喜气。有好事者倡议：今年放放焰火！东西南北四城，都放！一台七套，四七二十八套。陶家独家承做了十四套，——其余的，他匀给别的同行了。

四城的焰火错开了日子，——为的是人们可以轮流赶着去看。东城定在八月十六。地点：阴城。

这天天气特别好。万里无云，一天皓月。阴城的正中，立起一个四丈多高的架子。有人早早吃了晚饭，就扛了板凳来等着了。各种卖小吃的都来了。卖牛肉高粱酒的，卖回卤豆腐干的，卖五香花生米的、芝麻灌香糖的，卖豆腐脑的，卖煮荸荠的，还有卖河鲜——卖紫皮鲜菱角和新剥鸡头米的……到处是"气死风"的四角玻璃灯，到处是白蒙蒙的热气、香喷喷的茴香八角气味。人们寻亲访友，说短道长，来来往往，亲亲热热。阴城的草都被踏倒了。人们的鞋底也叫秋草的浓汁磨得滑溜溜的。

　　忽然，上万双眼睛一齐朝着一个方向看。人们的眼睛一会儿睁大，一会儿眯细；人们的嘴一会儿张开，一会儿又合上；一阵阵叫喊，一阵阵欢笑，一阵阵掌声。——陶虎臣点着了焰火了！

　　这种花盒子是有一点简单的故事情节的。最热闹的是"炮打泗州城"。起先是梅、兰、竹、菊四种花，接着是万花齐放。万花齐放之后，有一个间歇，木架子下面黑黑的，有人以为这一套已经放完了。不料一声炮响，花盒子又落下一层，照眼的灯球之中有一座四方的城，眼睛好的还能看见城门上"泗州"两个字（不知道为什么是泗州而不是别的城）。城外向里打炮，城里向外打，灯球飞舞，砰磅有声。最有趣的是"芦蜂追瘌子"，这是一个喜剧性的焰火。一阵火花之后，出现一个人，——一个泥头的纸人，这人是个瘌痢头，手里拿着一把破芭蕉扇。霎时间飞来了许多马蜂，这些马蜂——火花，纷纷扑向瘌痢头，瘌痢头四面躲闪，手里的芭蕉扇不停地挥舞起来。看到这里，满场大笑。这些辛苦得近于麻木的人，是难得这样开怀一笑的呀。最后一套是平平常常的，只是一阵火花之后，扑鲁扑鲁吊下四个大字："天下太平"。字是灯球组成的。虽然平淡，人们还是舍不得离开。火光炎炎，逐渐消隐，这时才听到人们呼唤：

"二丫头，回家咧！"

"四儿，你在哪儿哪？"

"奶奶，等等我，我鞋掉了！"

人们摸摸板凳，才知道：呀，露水下来了。

　　靳彝甫捉到一只蟹壳青蟋蟀。消息很快就传开了。每天有人提了几罐蟋蟀来斗。都不是对手，而且都只是一个回合就分胜负。这只蟹壳青的打法很特别。它轻易不开牙，只是不动声色，稳稳地站着。突然扑上去，一口就咬破对方的肚子（据说蟋蟀的打法各有自己的风格，这种咬破肚子的打法是最厉害的）。它瞿瞿地叫起来，上下摆动它的触须，就像戏台上的武生耍翎子。负伤的败将，怎么下"探子"①，也再不敢回头。于是有人怂恿他到兴化去。兴化养蟋蟀之风很盛，每年秋天有一个斗蟋蟀的集会。靳彝甫被人们说得心动了。王瘦吾、陶虎臣给他凑了一笔路费和

---

① 探子是刺激蟋蟀的斗志用的。北方多用鼠须，南方多用四权草掰成细须，九蒸九晒。

赌本，他就带了几罐蟋蟀，搭船走了。

斗蟋蟀也像摔跤、击拳一样，先要约约运动员的体重。分量相等，才能入盘开斗。如分量低于对方而自愿下场者，听便。

没想到，这只蟋蟀给他赢了四十块钱。——四十块钱相当于一个小学教员两个月的薪水！靳彝甫很高兴，在如意楼定了几个菜，约王瘦吾、陶虎臣来喝酒。

（这只身经百战的蟋蟀后来在冬至那天寿终了，靳彝甫特地打了一个小小的银棺材，送到阴城埋了。）

没喝几杯，靳彝甫的孩子拿了一张名片，说是家里来了客。靳彝甫接过名片一看："季匋民"！

"他怎么会来找我呢？"

季匋民是一县人引为骄傲的大人物。他是个名闻全国的大画家，同时又是大收藏家，大财主，家里有好田好地，宋元名迹。他在上海一个艺术专科大学当教授，平常难得回家。

"你回去看看。"

"我少陪一会。"

季匋民和靳彝甫都是画画的，可是气色很不一样。此人面色红润，双眼有光，浓黑的长髯，声音很洪亮。衣着很随便，但质料很讲究。

"我冒进宝府，唐突得很。"

"哪里哪里。只是我这寒舍，实在太小了。"

"小，而雅，比大而无当好！"

寒暄之后，季匋民说明来意：听说靳彝甫有几块好田黄，特地来看看。靳彝甫捧了出来，他托在手里，一块一块，仔仔细细看了。"好，——好，——好。匋民平生所见田黄多矣，像这样润的，少。"他估了估价，说按时下行情，值二百洋。有文三桥边款的一块就值一百。他很直率地问靳彝甫肯不肯割爱。靳彝甫也很直率地回答："不到山穷水尽，不能舍此性命。"

"好！这像个弄笔墨的人说的话！既然如此，匋民绝不夺人之所爱。不过，如果你有一天想出手，得先尽我。"

"那可以。"

"一言为定。"

"一言为定。"

买卖不成，季匋民倒也没有不高兴。他又提出想看看靳彝甫家藏的画稿。靳彝甫祖父的，父亲的。——靳彝甫本人的，他也想看看。他看得很入神，拍着画案说：

"令祖，令尊，都被埋没了啊！吾乡固多才俊之士，而皆困居于蓬牖之中，声名不出于里巷，悲哉！悲哉！"

他看了靳彝甫的画，说：

"彝甫兄，我有几句话……"

"您请指教。"

"你的画，家学渊源。但是，有功力，而少境界。要变！山水，暂时不要画。你见过多少真山真水？人物，不要跟在改七芗、费晓楼后面跑，倪墨耕尤为甜俗。要越过唐伯虎，直追两宋南唐。我奉赠你两个字：古，艳。比如这张杨妃出浴，披纱用洋红，就俗。用朱红，加一点紫！把颜色搞得重重的！脸上也不要这样干净，给她贴几个花子！——你是打算就这样在家乡困着呢？还是想出去闯闯呢？出去，走走，结识一些大家，见见世面！到上海，那里人才多！"

他建议靳彝甫选出百十件画，到上海去开一个展览会。他认识朵云轩，可以借他们的地方。他还可以写几封信给上海名流，请他们为靳彝甫吹嘘吹嘘。他还嘱咐靳彝甫，卖了画，有了一点钱，要做两件事：读万卷书，行万里路。最后说：

"我今天很高兴。看了令祖、令尊的画稿，偷到不少的东西。——我把它化一化，就是杰作！哈哈哈哈……"

这位大画家就这样疯疯癫癫，哈哈大笑着，提了他的笻竹杖，一阵风似的走了。

靳彝甫一边卷着画，一边想：季匋民是见得多。他对自己的指点，很有道理，很令人佩服。但是，到上海，开展览会，结识名流……唉，有钱的名士的话怎么能当得真呢！他笑了。

没想到，三天之后，季匋民真的派人送来了七八封朱丝栏玉版宣的八行书。

靳彝甫的画展不算轰动，但是卖出去几十张画。那张在季匋民授意之下重画的杨妃出浴，一再有人重订。报上发了消息，一家画刊还选了他两幅画。这都是他没有想到的。王瘦吾和陶虎臣在家乡看到报，很替他高兴："彝甫出了名了！"

卖了画，靳彝甫真的按照季匋民的建议，"行万里路"去了。一去三年，很少来信。

这三年啊！

王瘦吾的草帽厂生意很好。草帽没个什么讲究，买的人只是一图个结实，二图个便宜。他家出的草帽是就地产销，省了来回运费，自然比外地来的便宜得多。牌子闯出去了，买卖就好做。全城并无第二家，那四台哒哒作响的机子，把带着钱想买草帽的客人老远地就吸过来了。

不想遇见一个王伯韬。

这王伯韬是个开陆陈行的。这地方把买卖豆麦杂粮的行叫作陆陈行。人们提起陆陈行，都暗暗摇头。做这一行的，有两大特点：其一，是资本雄厚，大都兼营别的生意，什么买卖赚钱，他们就开什么买卖，眼尖手快。其二，都是流氓——都在帮。这城里发生过几起大规模的斗殴，都是陆陈行挑起的。打架的原因，都是抢行霸市。这种人一看就看得出来。他们的衣着和一般的生意人就不一样。不论什么时候，长衫里面的小褂的袖子总翻出很长的一截。料子也是老实商人所不用的。夏天是格子纺，冬天是法兰绒。脚底下是黑丝袜，方口的黑纹皮面的硬底便鞋。王伯韬和王瘦吾是同宗，见面总是"瘦吾兄"长，"瘦吾兄"
短。王瘦吾不爱搭理他，尽可能地躲着他。

谁知偏偏躲不开，而且天天要见面。王伯韬也开了一
家草帽厂，就在王瘦吾的草帽厂的对门！他新开的草帽厂
有八台机子，八个师傅，门面、柜台，一切都比王瘦吾的
大一倍。

王伯韬真是不顾血本，把批发、零售价都压得极低。
王瘦吾算算，这样的定价，简直无利可图。他不服这口气，
也随着把价钱落下来。

王伯韬坐在对面柜台里，还是满脸带笑，"瘦吾兄"
长，"瘦吾兄"短。

王瘦吾撑了一年，实在撑不住了。

王伯韬放出话来："瘦吾要是愿意把四台机子让给我，
他多少钱买的，我多少钱要！"

四台机子，连同库存的现货，辫子，全部倒给了王伯
韬。王瘦吾气得生了一场重病。一病一年多。卖机子的钱、
连同小绒线店的底本，全变成了药渣子，倒在门外的街上
了。

好不容易，能起来坐一坐，出门走几步了。可是人瘦
得像一张纸，一阵风吹过，就能倒下。

陶虎臣呢？

头一年，因为四乡闹土匪，连城里都出了几起抢案，
县政府和当地驻军联名出了一张布告："冬防期间，严禁燃
放鞭炮。"炮仗店平时生意有限，全指着年下。这一冬防，

可把陶虎臣防苦了。且熬着，等明年吧。

明年！蒋介石搞他娘的"新生活"①，根本取缔了鞭炮。城里几家炮仗店通通关了张。陶虎臣别无产业，只好做一点"黄烟子"和蚊烟混日子。"黄烟子"也像是个炮仗，只是里面装的不是火药而是雄黄，外皮也是黄的。点了捻子，不响，只是从屁股上冒出一股黄烟，能冒半天。这种东西，端午节人家买来，点着了扔在床脚柜底熏五毒；孩子们把黄烟屁股抵在板壁上写"虎"字。蚊烟是在一个皮纸的空套里装上锯末，加一点芒硝和鳝鱼骨头，盘成一盘，像一条蛇。这东西点起来味道很呛，人和蚊子都受不了。这两种东西，本来是炮仗店附带做做的，靠它赚钱吃饭，养家活口的，怎么行呢？——一年有几个端午节？蚊子也不是四季都有啊！

第三年，陶家炮仗店的铺闼子门②下了一把牛鼻子铁锁，再也打不开了。陶家的锅，也揭不开了。起先是喝粥，——喝稀粥，后来连稀粥也喝不成了。陶虎臣全家，已经饿了一天半。

有那么一个缺德的人敲开了陶家的门。这人姓宋，人称宋保长，他是什么事都干得出来，什么钱也敢拿的。他

----

① "新生活"是蒋介石搞的"新生活运动"，提倡"礼义廉耻"，到处刷写着"礼义廉耻，国之四维，四维不张，国乃灭亡"；限制行人靠左边走；废除作揖，改行握手；禁止燃放鞭炮……。总之，大家都过新生活，不许过旧生活。
② 这地方店铺的门一般都是一块一块狭长的门板，上在门坎的槽里，称为"铺闼子"。

来做媒了。二十块钱，陶虎臣把女儿嫁给了一个驻军的连长。这连长第二天就开拔。他倒什么也不挑，只要是一个黄花闺女。陶虎臣跳着脚大叫："不要说得那么好听！这不是嫁！这是卖！你们到大街去打锣喊叫：我陶虎臣卖女儿！你们喊去！我不害臊！陶虎臣！你是个什么东西！陶虎臣！我操你八辈祖奶奶！你就这样没有能耐呀！"女儿的妈和弟弟都哭。女儿倒不哭，反过来劝爹："爹！爹！您别这样！我愿意！——真的！爹！我真的愿意！"她朝上给爹妈磕了头，又趴在弟弟的耳边说了一句话。这一句话是："饿的时候，忍着，别哭。"弟弟直点头。女儿走到爹床前，说了声："爹！我走啦！您保重！"陶虎臣脸对墙躺着，连头都没有回，他的眼泪哗哗地往下淌。

两个半月过去了。陶家一直就花这二十块钱。二十块钱剩得不多了，女儿回来了。妈脱下女儿的衣服一看，什么都明白了：这连长天天打她。女儿跟妈妈偷偷地说："妈，我过上了他的脏病。"

岁暮天寒，彤云酿雪，陶虎臣无路可走，他到阴城去上吊。

他没有死成。他刚把腰带拴在一棵树上，把头伸进去，一个人拦腰把他抱住，一刀砍断了腰带。这人是住在财神庙的那个侉子。

靳彝甫回来了。他一到家，听说陶虎臣的事，连脸都没洗，拔脚就往陶家去。陶虎臣躺在一领破芦席上，拥着一条破棉絮。靳彝甫掏出五块钱来，说："虎臣，我才回来，带的钱不多，你等我一天！"

跟脚，他又奔王瘦吾家。瘦吾也是家徒四壁了。他正在对着空屋发呆。靳彝甫也掏出五块钱，说："瘦吾，你等我一天！"

第三天，靳彝甫约王瘦吾、陶虎臣到如意楼喝酒。他从内衣口袋里掏出两封洋钱，外面裹着红纸。一看就知道，一封是一百。他在两位老友面前，各放了一封。

"先用着。"

"这钱——？"

靳彝甫笑了笑。

那两个都明白了：彝甫把三块田黄给季匋民送去了。

靳彝甫端起酒杯说："咱们今天醉一次。"

那两个同意。

"好，醉一次！"

这天是腊月三十。这样的时候，是不会有人上酒馆喝酒的。如意楼空荡荡的，就只有这三个人。

外面，正下着大雪。

一九八〇年八月二十日初稿

十一月二十日二稿

载一九八一年第三期《十月》

大淖记事

这地方的地名很奇怪，叫作大淖。全县没有几个人认得这个淖字。县境之内，也再没有别的叫作什么淖的地方。据说这是蒙古话。那么这地名大概是元朝留下的。元朝以前这地方有没有，叫作什么，就无从查考了。

淖，是一片大水。说是湖泊，似还不够，比一个池塘可要大得多，春夏水盛时，是颇为浩淼的。这是两条水道的河源。淖中央有一条狭长的沙洲。沙洲上长满茅草和芦荻。春初水暖，沙洲上冒出很多紫红色的芦芽和灰绿色的蒌蒿 ①，很快就是一片翠绿了。夏天，茅草、芦荻都吐出雪白的丝穗，在微风中不住地点头。秋天，全都枯黄了，就

---

① 蒌蒿是生于水边的野草，粗如笔管，有节，生狭长的小叶，初生二寸来高，叫作"蒌蒿薹子"，加肉炒食极清香。苏东坡诗："竹外桃花三两枝，春江水暖鸭先知，蒌蒿满地芦芽短，正是河豚欲上时。"蒌蒿见之于诗，这大概是第一次。他很能写出节令风物之美。

被人割去，加到自己的屋顶上去了。冬天，下雪，这里总比别处先白。化雪的时候，也比别处化得慢。河水解冻了，发绿了，沙洲上的残雪还亮晶晶地堆积着。这条沙洲是两条河水的分界处。从淖里坐船沿沙洲西面北行，可以看到高阜上的几家炕房。绿柳丛中，露出雪白的粉墙，黑漆大书四个字："鸡鸭炕房"，非常显眼。炕房门外，照例都有一块小小土坪，有几个人坐在树桩上负曝闲谈。不时有人从门里挑出一副很大的扁圆的竹笼，笼口络着绳网，里面是松花黄色的，毛茸茸，挨挨挤挤，啾啾乱叫的小鸡小鸭。由沙洲往东，要经过一座浆坊。浆是浆衣服用的。这里的人，衣服被里洗过后，都要浆一浆。浆过的衣服，穿在身上沙沙作响。浆是茨实水磨，加一点明矾，澄去水分，晒干而成。这东西是不值什么钱的。一大盆衣被，只要到杂货店花两三个铜板，买一小块，用热水冲开，就足够用了。但是全县浆粉都由这家供应（这东西是家家用得着的），所以规模也不算小了。浆坊有四五个师傅忙碌着。喂着两头毛驴，轮流上磨。浆坊门外，有一片平场，太阳好的时候，每天晒着浆块，白得叫人眼睛都睁不开。炕房、浆坊附近还有几家买卖荸荠、慈菇、菱角、鲜藕的鲜货行，集散鱼蟹的鱼行和收购青草的草行。过了炕房和浆坊，就都是田畴麦垅，牛棚水车，人家的墙上贴着黑黄色的牛屎粑粑，——牛粪和水，拍成饼状，直径半尺，整齐地贴在墙上晾干，做燃料，已经完全是农村的景色了。由大淖北去，可至北乡各村。东去可至一沟、二沟、三垛、樊川、界首，直达邻县兴化。

大淖的南岸，有一座漆成绿色的木板房，房顶、地面，都是木板的。这原是一个轮船公司。靠外手是候船的休息室。往里去，临水，就是码头。原来曾有一只小轮船，往来本城和兴化，隔日一班，单日开走，双日返回。小轮船漆得花花绿绿的，飘着万国旗，机器突突地响，烟筒冒着黑烟，装货、卸货、上客、下客，也有卖牛肉、高粱酒、花生瓜子、芝麻灌香糖的小贩，吆吆喝喝，是热闹过一阵的。后来因为公司赔了本，股东无意继续经营，就卖船停业了。这间木板房子倒没有拆去。现在里面空荡荡、冷清清，只有附近的野孩子到候船室来唱戏玩，**棍棍棒棒**，乱打一气；或到码头上比赛撒尿。七八个小家伙，齐齐地站成一排，把一泡泡骚尿哗哗地撒到水里，**看谁尿得最远**。

大淖指的是这片水，也指水边的陆地。这里是城区和乡下的交界处。从轮船公司往南，穿过一条深巷，就是北门外东大街了。坐在大淖的水边，可以听到远远的一阵一阵朦朦胧胧的市声，但是这里的一切和街里不一样。这里没有一家店铺。这里的颜色、声音、气味和街里不一样。这里的人也不一样。他们的生活，他们的风俗，他们的是非标准、伦理道德观念和街里的穿长衣念过"子曰"的人完全不同。

二

　　由轮船公司往东往西，各距一箭之遥，有两丛住户人家。这两丛人家，也是互不相同的，各是各的乡风。

　　西边是几排错错落落的低矮的瓦屋。这里住的是做小生意的。他们大都不是本地人，是从下河一带，兴化、泰州、东台等处来的客户。卖紫萝卜的（紫萝卜是比荸荠略大的扁圆形的萝卜，外皮染成深蓝紫色，极甜脆），卖风菱的（风菱是很大的两角的菱角，壳极硬），卖山里红的，卖熟藕（藕孔里塞了糯米煮熟）的。还有一个从宝应来的卖眼镜的，一个从杭州来的卖天竺筷的。他们像一些候鸟，来去都有定时。来时，向相熟的人家租一间半间屋子，住上一阵，有的住得长一些，有的短一些，到生意做完，就走了。他们都是日出而作，日入而息。吃罢早饭，各自背着、扛着、挎着、举着自己的货色，用不同的乡音，不同的腔调，吟唱吆唤着上街了。到太阳落山，又都像鸟似的回到自己的窝里。于是从这些低矮的屋檐下就都飘出带点甜味而又呛人的炊烟（所烧的柴草都是半干不湿的）。他们做的都是小本生意，赚钱不大。因为是在客边，对人很和气，凡事忍让，所以这一带平常总是安安静静的，很少有吵嘴打架的事情发生。

　　这里还住着二十来个锡匠，都是兴化帮。这地方兴用锡器，家家都有几件锡制的家伙。香炉、蜡台、痰盂、茶叶罐、水壶、茶壶、酒壶，甚至尿壶，都是锡的。嫁闺女时都要陪送一套锡器。最少也要有两个能容四五升米的大锡罐，摆在柜顶上，否则就不成其为嫁妆。出阁的闺女生了孩子，娘家要送两大罐糯米粥（另外还要有两只老母鸡，一百鸡蛋），装粥用的就是娘柜顶上的这两个锡罐。因此，二十来个锡匠并不显多。

　　锡匠的手艺不算费事，所用的家什也较简单。一副锡匠担子，一头是风箱，绳系里夹着几块锡板；一头是炭炉和两块二尺见方、一面裱着好几层表芯纸的方砖。锡器是打出来的，不是铸出来的。人家叫锡匠来打锡器，一般都是自己备料，——把几件残旧的锡器回炉重打。锡匠在人家门道里或是街边空地上，支起担子，拉动风箱，在锅里把旧锡化成锡水，——锡的熔点很低，不大一会儿就化了；然后把两块方砖对合着（裱纸的一面朝里），在两砖之间压一条绳子，绳子按照要打的锡器圈成近似的形状，绳头留在砖外，把锡水由绳口倾倒过去，两砖一压，就成了锡片；然后，用一个大剪子剪剪，焊好接口，用一个木棰在铁砧上敲敲打打，大约一两顿饭工夫就成型了。锡是软的，打锡器不像打铜器那样费劲，也不那样吵人。粗使的锡器，就这样就能交活。若是细巧的，就还要用刮刀刮一遍，用砂纸打一打，用竹节草（这种草中药店有卖的）磨得锃亮。

　　这一帮锡匠很讲义气。他们扶持疾病，互通有无，从不抢生意。若是合伙做活，工钱也分得很公道。这帮锡匠有一个头领，是个老锡匠，他说话没有人不听。老锡匠人很耿直，对其余的锡匠（不是他的晚辈就是他的徒弟）管教得很紧。他不许他们赌钱喝酒；嘱咐他们出外做活，要童叟无欺，手脚要干净；不许和妇道嬉皮笑脸。他教他们不要怕事，也绝不要惹事。除了上市应活，平常不让到处闲游乱窜。

老锡匠会打拳，别的锡匠也跟着练武。他屋里有好些白蜡杆，三节棍，没事便搬到外面场地上打对儿。老锡匠说：这是消遣，也可以防身，出门在外，会几手拳脚不吃亏。除此之外，锡匠们的娱乐便是唱唱戏。他们唱的这种戏叫作"小开口"，是一种地方小戏，唱腔本是萨满教的香火（巫师）请神唱的调子，所以又叫"香火戏"。这些锡匠并不信萨满教，但大都会唱香火戏。戏的曲调虽简单，内容却是成本大套，李三娘挑水推磨，生下咬脐郎；白娘子水漫金山；刘金定招亲；方卿唱道情……可以坐唱，也可以化了装彩唱。遇到阴天下雨，不能出街，他们能吹打弹唱一整天。附近的姑娘媳妇都挤过来看，——听。

老锡匠有个徒弟，也是他的侄儿，在家大排行第十一，小名就叫个十一子，外人都只叫他小锡匠。这位十一子是老锡匠的一件心事。因为他太聪明，长得又太好看了，他长得挺拔四称，肩宽腰细，唇红齿白，浓眉大眼，头戴遮阳草帽，青鞋净袜，全身衣服整齐合体。天热的时候，敞开衣扣，露出扇面也似的胸脯，五寸宽的雪白的板带煞得很紧。走起路来，高抬脚，轻着地，麻溜利索。锡匠里出了这样一个一表人才，真是鸡窝里飞出了金凤凰。

老锡匠心里明白：唱"小开口"的时候，那些挤过来的姑娘媳妇，其实都是来看这位十一郎的。

老锡匠经常告诫十一子，不要和此地的姑娘媳妇拉拉扯扯，尤其不要和东头的姑娘媳妇有什么勾搭："她们和我们不是一样的人！"

三

轮船公司东头都是草房，茅草盖顶，黄土打墙，房顶两头多盖着半片破缸破瓮，防止大风时把茅草刮走。这里的人，世代相传，都是挑夫。男人、女人、大人、孩子，都靠肩膀吃饭。

挑得最多的是稻子。东乡、北乡的稻船，都在大淖靠岸。满船的稻子，都由这些挑夫挑走。或送到米店，或送进哪家大户的廒仓，或挑到南门外琵琶闸的大船上，沿运河外运。有时还会一直挑到车逻、马棚湾这样很远的码头上。单程一趟，或五六里，或七八里、十多里不等。一二十人走成一串，步子走得很匀，很快。一担稻子一百五十斤，中途不歇肩。一路不停地打着号子。换肩时一齐换肩。打头的一个，手往扁担上一搭，一二十副担子就同时由右肩转到左肩上来了。每挑一担，领一根"筹子"，——尺半长，一寸宽的竹牌，上涂白漆，一头是红的。到傍晚凭筹领钱。

稻谷之外，什么都挑。砖瓦、石灰、竹子（挑竹子一

217

头拖在地上，在砖铺的街面上擦得唰唰地响）、桐油（桐油很重，使扁担不行，得用木杠，两人抬一桶）……因此，一年三百六十天，天天有活干，饿不着。

十三四岁的孩子就开始挑了。起初挑半担，用两个柳条笆斗。练上一二年，人长高了，力气也够了，就挑整担，像大人一样地挣钱了。

挑夫们的生活很简单：卖力气，吃饭。一天三顿，都是干饭。这些人家都不盘灶，烧的是"锅腔子"——黄泥烧成的矮瓮，一面开口烧火。烧柴是不花钱的。淖边常有草船，乡下人挑芦柴入街去卖，一路总要撒下一些。凡是尚未挑担挣钱的孩子，就一人一把竹笆，到处去搂。因此，这些顽童得到一个稍带侮辱性的称呼，叫作"笆草鬼子"。有时懒得费事，就从乡下人的草担上猛力拽出一把，拔腿就溜。等乡下人撂下担子叫骂时，他们早就没影儿了。锅腔子无处出烟，烟子就横溢出来，飘到大淖水面上，平铺开来，停留不散。这些人家无隔宿之粮，都是当天买，当天吃。吃的都是脱壳的糙米。一到饭时，就看见这些茅草房子的门口蹲着一些男子汉，捧着一个蓝花大海碗，碗里是骨堆堆的一碗紫红紫红的米饭，一边堆着青菜小鱼、臭豆腐、腌辣椒，大口大口地在吞食。他们吃饭不怎么嚼，只在嘴里打一个滚，咕咚一声就咽下去了。看他们吃得那样香，你会觉得世界上再没有比这个饭更好吃的饭了。

他们也有年，也有节。逢年过节，除了换一件干净衣裳，吃得好一些，就是聚在一起赌钱。赌具，也是钱。打钱，滚钱。打钱：各人拿出一二十铜元，叠成很高的一摞。参与者远远地用一个钱向这摞铜钱砸去，砸倒多少取多少。滚钱又叫"滚五七寸"。在一片空场上，各人放一摞钱；一块整砖支起一个斜坡，用一个铜元由砖面落下，向钱注密处滚去，钱停住后，用事前备好的两根草棍量一量，如距钱注五寸，滚钱者即可吃掉这一注；距离七寸，反赔出与此注相同之数。这种古老的博法使挑夫们得到极大的快乐。旁观的闲人也不时大声喝彩，为他们助兴。

这里的姑娘媳妇也都能挑。她们挑得不比男人少，走得不比男人慢。挑鲜货是她们的专业。大概是觉得这种水淋淋的东西对女人更相宜，男人们是不屑于去挑的。这些"女将"都生得颀长俊俏，浓黑的头发上涂了很多梳头油，梳得油光水滑（照当地说法是：苍蝇站上去都会闪了腿）。脑后的发髻都极大。发髻的大红头绳的发根长到二寸，老远就看到通红的一截。她们的发髻的一侧总要插一点什么东西。清明插一个柳球（杨柳的嫩枝，一头拿牙咬着，把柳枝的外皮连同鹅黄的柳叶使劲往下一抹，成一个小小球形），端午插一丛艾叶，有鲜花时插一朵栀子，一朵夹竹桃，无鲜花时插一朵大红剪绒花。因为常年挑担，衣服的肩膀处易破，她们的托肩多半是换过的。旧衣服，新托肩，颜色不一样，这几乎成了大淖妇女的特有的服饰。一二十个姑娘媳妇，挑着一担担紫红的荸荠、碧绿的菱角、雪白的连枝藕，走成一长串，风摆柳似地嚓嚓地走过，好看得很！

她们像男人一样地挣钱，走相、坐相也像男人。走起来一阵风，坐下来两条腿叉得很开。她们像男人一样赤脚穿草鞋（脚指甲却用凤仙花染红）。她们嘴里不忌生冷，男人怎么说话她们怎么说话，她们也用男人骂人的话骂人。打起号子来也是"好大娘个歪歪子咧！"——"歪歪子咧……"

　　没出门子的姑娘还文雅一点，一做了媳妇就简直是"姜太公在此百无禁忌"，要多野有多野。有一个老光棍黄海龙，年轻时也是挑夫，后来腿脚有了点毛病，就在码头上看看稻船，收收筹子。这老头儿老没正经，一把胡子了，还喜欢在媳妇们的胸前屁股上摸一把，拧一下。按辈份，他应当被这些媳妇称呼一声叔公，可是谁都管他叫"老骚胡子"。有一天，他又动手动脚的，几个媳妇一咬耳朵，一二三，一齐上手，眨眼之间叔公的裤子就挂在大树顶上了。有一回，叔公听见卖饺面①的挑着担子，敲着竹梆走来，他又来劲了："你们敢不敢到淖里洗个澡？——敢，我一个人输你们两碗饺面！"——"真的？"——"真的！"——"好！"几个媳妇脱了衣服跳到淖里扑通扑通洗了一会儿。爬上岸就大声喊叫：

　　"下面！"

　　这里人家的婚嫁极少明媒正娶，花轿吹鼓手是挣不着他们的钱的。媳妇，多是自己跑来的；姑娘，一般是自己找

---

① 一半馄饨一半面下在一起，当地叫作饺面。

人。她们在男女关系上是比较随便的。姑娘在家生私孩子；一个媳妇，在丈夫之外，再"靠"一个，不是稀奇事。这里的女人和男人好，还是恼，只有一个标准：情愿。有的姑娘、媳妇相与了一个男人，自然也跟他要钱买花戴，但是有的不但不要他们的钱，反而把钱给他花，叫作"倒贴"。

因此，街里的人说这里"风气不好"。

到底是哪里的风气更好一些呢？难说。

四

大淖东头有一户人家。这一家只有两口人，父亲和女儿。父亲名叫黄海蛟，是黄海龙的堂弟（挑夫里姓黄的多）。原来是挑夫里的一把好手。他专能上高跳。这地方大粮行的"窝积"（长条芦席围成的粮囤），高到三四丈，只支一只单跳，很陡。上高跳要提着气一口气蹿上去，中途不能停留。遇到上了一点岁数的或者"女将"，抬头看看高跳，有点含糊，他就走过去接过一百五十斤的担子，一支箭似的上到跳顶，两手一提，把两箩稻子倒在"窝积"里，随即三五步就下到平地。因为为人忠诚老实，二十五岁了，还没有成亲。那年在车逻挑粮食，遇到一个姑娘向他问路。这姑娘留着长长的刘海，梳了一个"苏州俏"的发髻，还抹了一点胭脂，眼色张皇，神情焦急，她问路，可是连一个准地名都说不清，一看就知道是大户人家逃出来的使女。黄海蛟和她攀谈了一会，这姑娘就表示愿意跟着他过。她叫莲子。——这地方丫头、使女多叫莲子。

莲子和黄海蛟过了一年，给他生了个女儿。七月生的，生下的时候满天都是五色云彩，就取名叫作巧云。

莲子的手很巧、也勤快，只是爱穿件华丝葛的裤子，爱吃点瓜子零食，还爱唱"打牙牌"之类的小调："凉月子一出照楼梢，打个呵欠伸懒腰，瞌睡子又上来了。哎哟，哎哟，瞌睡子又上来了……"这和大淖的乡风不大一样。

巧云三岁那年，她的妈莲子，终于和一个过路戏班子的一个唱小生的跑了。那天，黄海蛟正在马棚湾。莲子把黄海蛟的衣裳都浆洗了一遍，巧云的小衣裳也收拾在一起，焖了一锅饭，还给老黄打了半斤酒，把孩子托给邻居，说是她出门有点事，锁了门，从此就不知去向了。

巧云的妈跑了，黄海蛟倒没有怎么伤心难过。这种事情在大淖这个地方也值不得大惊小怪。养熟的鸟还有飞走的时候呢，何况是一个人！只是她留下的这块肉，黄海蛟实在是疼得不行。他不愿巧云在后娘的眼皮底下委委屈屈地生活，因此发心不再续娶。他就又当爹又当妈，和女儿巧云在一起过了十几年。他不愿巧云去挑扁担，巧云从十四岁就学会结鱼网和打芦席。

巧云十五岁，长成了一朵花。身材、脸盘都像妈。瓜子脸，一边有个很深的酒窝。眉毛黑如鸦翅，长入鬓角。眼角有点吊，是一双凤眼。睫毛很长，因此显得眼睛经常是眯缝着；忽然回头，睁得大大的，带点吃惊而专注的神情，好像听到远处有人叫她似的。她在门外的两棵树杈之间结网，在淖边平地上织席，就有一些少年人装着有事的样子来来去去。她上街买东西，甭管是买肉、买菜，打油、打酒、撕布、量头绳，买梳头油、雪花膏，买石碱、浆块，同样的钱，她买回来，分量都比别人多，东西都比别人的好。这个奥秘早被大娘、大婶们发现，她们都托她买东西。只要巧云一上街，都挎了好几个竹篮，回来时压得两个胳臂酸疼酸疼。泰山庙唱戏，人家都自己扛了板凳去。巧云散着手就去了。一去了，总有人给她找一个得看的好座。台上的戏唱得正热闹，但是没有多少人叫好。因为好些人不是在看戏，是看她。

巧云十六了，该张罗着自己的事了。谁家会把这朵花迎走呢？炕房的老大？浆坊的老二？鲜货行的老三？他们都有这意思。这点意思黄海蛟知道了，巧云也知道。不然他们老到淖东头来回晃摇是干什么呢？但是巧云没怎么往心里去。

巧云十七岁，命运发生了一个急转直下的变化。她的父亲黄海蛟在一次挑重担上高跳时，一脚踏空，从三丈高的跳板上摔下来，摔断了腰。起初以为不要紧，养养就好了。不想喝了好多药酒，贴了好多膏药，还不见效。她爹半瘫了，他的腰再也直不起来了。他有时下床，扶着一个剃头担子上用的高板凳，咯噔咯噔地走一截，平常就只好半躺下靠在一摞被窝上。他不能用自己的肩膀为女儿挣几件新衣裳，买两枝花，却只能由女儿用一双手养活自己了。还不到五十岁的男子汉，只能做一点老太婆做的事：绩了

223

一捆又一捆的供女儿结网用的麻线。事情很清楚：巧云不会撇下她这个老实可怜的残废爹。谁要愿意，只能上这家来当一个倒插门的养老女婿。谁愿意呢？这家的全部家产只有三间草屋（巧云和爹各住一间，当中是一个小小的堂屋）。老大、老二、老三时不时走来走去，拿眼睛瞟着隔着一层鱼网或者坐在雪白的芦席上的一个苗条的身子。他们的眼睛依然不缺乏爱慕，但是减少了几分急切。

老锡匠告诫十一子不要老往淖东头跑，但是小锡匠还短不了要来。大娘、大婶、姑娘、媳妇有旧壶翻新，总喜欢叫小锡匠来；从大淖过深巷上大街也要经过这里，巧云家门前的柳荫是一个等待雇主的好地方。巧云织席，十一子化锡，正好做伴。有时巧云停下活计，帮小锡匠拉风箱。有时巧云要回家看看她的残废爹，问他想不想吃烟喝水，小锡匠就压住炉里的火，帮她织一气席。巧云的手指划破了（织席很容易划破手，压扁的芦苇薄片，刀一样地锋快），十一子就帮她吮吸指头肚子上的血。巧云从十一子口里知道他家里的事：他是个独子，没有兄弟姐妹。他有一个老娘，守寡多年了。他娘在家给人家做针线，眼睛越来越不好，他很担心她有一天会瞎……

好心的大人路过时会想：这倒真是两只鸳鸯，可是配不成对。一家要招一个养老女婿，一家要接一个当家媳妇，弄不到一起。他们俩呢，只是很愿意在一处谈谈坐坐。都到岁数了，心里不是没有。只是像一片薄薄的云，飘过来，飘过去，下不成雨。

有一天晚上，好月亮，巧云到淖边一只空船上去洗衣裳（这里的船泊定后，把桨拖到岸上，寄放在熟人家，船就拴在那里，无人看管，谁都可以上去）她正在船头把身子往前倾着，用力涮着一件大衣裳，一个不知轻重的顽皮野孩子轻轻走到她身后，伸出两手胳肢她的腰。她冷不防，一头栽进了水里。她本会一点水，但是一下子慌了。这几天水又大，流很急。她挣扎了两下，喊救人，接连喝了几口水。她被水冲走了！正赶上十一子在炕房门外土坪上打拳，看见一个人冲了过来，头发在水上漂着。他褪下鞋子，一猛子扎到水底，从水里把她托了起来。

十一子把她肚子里的水控了出来，巧云还是昏迷不醒。十一子只好把她横抱着，像抱一个婴儿似的，把她送回去。她浑身是湿的，软绵绵，热乎乎的。十一子觉得巧云紧紧挨着他，越挨越紧。十一子的心怦怦地跳。

到了家，巧云醒来了。（她早就醒来了！）十一子把她放在床上。巧云换了湿衣裳（月光照出她的美丽的少女的身体）。十一子抓一把草，给她熬了半锦子姜糖水，让她喝下去，就走了。

巧云起来关了门，躺下。她好像看见自己躺在床上的样子。月亮真好。

巧云在心里说："你是个呆子！"

她说出声来了。

不大一会儿，她也就睡死了。

就在这一天夜里，另外一个人，拨开了巧云家的门。

五

由轮船公司对面的巷子转东大街，往西不远，有一个道士观，叫作炼阳观。现在没有道士了，里面住了不到一营水上保安队。这水上保安队是地方武装。他们名义上归县政府管辖，饷银却由县商会开销，水上保安队的任务是下乡剿土匪。这一带土匪很多，他们抢了人，绑了票，大都藏匿在芦荡湖泊中的船上（这地方到处是水），如遇追捕，便于脱逃。因此，地方绅商觉得很需要成立一个特殊的武装力量来对付这些成帮结伙的土匪。水上保安队装备是很好的。他们乘的船是"铁板划子"——船的三面都有半人高、三四分厚的铁板，子弹是打不透的。铁板划子就停在大淖岸边，样子很高傲。一有任务，就看见大兵们扛着两挺水机关，用笭箸抬着多半筐子弹（子弹不用箱装，却使笭抬，颇奇怪），上了船，开走了。

或七八天，或十天半月，他们得胜回来了（他们有铁板划子，又有水机关，对土匪有压倒优势，很少有伤亡）。铁板划子靠了岸，上岸列队，由深巷，上大街，直奔县政府。这队伍是四列纵队。前面是号队。这不到一营的人，却有十二支号。一上大街，就"打打打滴打大打滴大打"齐齐整整地吹起来。后面是全队弟兄，一律荷枪实弹。号队之后，大队之前的正中，是捉来的土匪。有时三个五个，有时只有一个，都是五花大绑。这队伍是很神气的。最妙

226

的是被绑着的土匪也一律都合着号音，步伐整齐，雄赳赳气昂昂地走着。甚至值日官喊"一、二、三、四"，他们也随着大声地喊。大队上街之前，要由地保事先通知沿街店铺，凡有鸟笼的（有的店铺是养八哥、画眉的），都要收起来，因为土匪大哥看见不高兴，这是他们忌讳的（他们到了县政府，都下在大狱里，看见笼中鸟，就无出狱希望了）。看看这样的铜号放光，刺刀雪亮，还夹着几个带有传奇色彩的土匪英雄的威武雄壮的队伍，是这条街上的民众的一件快乐事情。其快乐程度不下于看狮子、龙灯、高跷、抬阁，和僧道齐全、六十四杠的大出丧。

除了下乡办差，保安队的弟兄们没有什么事。他们除了把两挺水机关扛到大淖边突突地打两梭（把淖岸上的泥土打得簌簌地往下掉），平常是难得出操、打野外的。使人们感觉到这营把人的存在的，是这十二个号兵早晚练号。早晨八九点钟，下午四五点钟，他们就到大淖边来了。先是拔长音，然后各自吹几段，最后是合吹进行曲、三环号，（他们吹三环号只是吹着玩，因为从来没有接受检阅的时候。）吹完号，就解散，想干什么干什么。有的，就轻手轻脚，走进一家的门外，咳嗽一声，随着，走了进去，门就关起来了。

这些号兵大都衣着整齐，干净爱俏。他们除了吹吹号，整天无事干，有的是闲空。他们的钱来得容易，——饷钱倒不多，但每次下乡，总有犒赏；有时与土匪遭遇，双方谈条件，也常从对方手中得到一笔钱，手面很大方，花钱不在乎。他们是保护地方绅商的军人，身后有靠山，即或出一点什么事，谁也无奈他何。因此，这些大爷就觉得不风流风流，实在对不起自己，也辜负了别人。

十二个号兵，有一个号长，姓刘，大家都叫他刘号长。这刘号长前后跟大淖几家的媳妇都很熟。

拨开巧云家的门的，就是这个号长！

号长走的时候留下十块钱。

这种事在大淖不是第一次发生。巧云的残废爹当时就知道了。他拿着这十块钱，只是长长地叹了一口气。邻居们知道了，姑娘、媳妇并未多议论，只骂了一句："这个该死的！"

巧云破了身子，她没有淌眼泪，更没有想到跳到淖里淹死。人生在世，总有这么一遭！只是为什么是这个人？真不该是这个人！怎么办？拿把菜刀杀了他？放火烧了炼阳观？不行！她还有个残废爹。她怔怔地坐在床上，心里乱糟糟的。她想起该起来烧早饭。她还得结网，织席，还得上街。她想起小时候上人家看新娘子，新娘子穿了一双粉红的缎子花鞋。她想起她的远在天边的妈。她记不得妈的样子，只记得妈用一个筷子头蘸了胭脂给她点了一点眉心红。她拿起镜子照照，她好像第一次看清楚自己的模样。她想起十一子给她吮手指上的血，这血一定是咸的。她觉得对不起十一子，好像自己做错了什么事。她非常失悔：没有把自己给了十一子！

她的这个念头越来越强烈。这个号长来一次，她的念头就更强烈一分。

水上保安队又下乡了。

一天，巧云找到十一子，说："晚上你到大淖东边来，我有话跟你说。"

十一子到了淖边。巧云踏在一只"鸭撇子"上（放鸭子用的小船，极小，仅容一人。这是一只公船，平常就拴在淖边。大淖人谁都可以撑着它到沙洲上挑蒌蒿，割茅草，拣野鸭蛋），把篙子一点，撑向淖中央的沙洲，对十一子说："你来！"

过了一会儿，十一子泅水到了沙洲上。

他们在沙洲的茅草丛里一直待到月到中天。

月亮真好啊！

六

十一子和巧云的事，师兄们都知道，只瞒着老锡匠一个人。他们偷偷地给他留着门，在门窝子里倒了水（这样推门进来没有声音）。十一子常常到天快亮的时候才回来。有一天，又是这时候才推开门。刚刚要钻被窝，听见老锡匠说：

"你不要命啦！"

这种事情怎么瞒得住人呢？终于，传到刘号长的耳朵里。其实没有人跟他嚼舌头，刘号长自己还不知道？巧云看见他都讨厌，她的全身都是冷淡的。刘号长咽不下这口气。本来，他跟巧云又没有拜过堂，完过花烛，闲花野草，断了就断了。可是一个小锡匠，夺走了他的人，这丢了当兵的脸。太岁头上动土，这还行！这种事从来没有发生过。连保安队的弟兄也都觉得面上无光，在人前矬了一截。他是只许自己在别人头上拉屎撒尿，不许别人在他脸上溅一星唾沫的。若是闭着眼过去，往后，保安队的人还混不混了？

有一天，天还没亮，刘号长带了几个弟兄，踢开巧云家的门，从被窝里拉起了小锡匠，把他捆了起来。把黄海蛟、巧云的手脚也都捆了，怕他们去叫人。

他们把小锡匠弄到泰山庙后面的坟地里，一人一根棍子，搂头盖脸地打他。

他们要小锡匠卷铺盖走人，回他的兴化，不许再留在大淖。

小锡匠不说话。

他们要小锡匠答应不再走进黄家的门，不挨巧云的身子。

小锡匠还是不说话。

他们要小锡匠告一声饶，认一个错。

小锡匠的牙咬得紧紧的。

小锡匠的硬铮把这些向来是横着膀子走路的家伙惹怒了，"你这样硬！打不死你！"——"打"，七八根棍子风一样、雨一样打在小锡匠的身上。

小锡匠被他们打死了。

锡匠们听说十一子被保安队的人绑走了，他们四处找，找到了泰山庙。

　　老锡匠用手一探，十一子还有一丝悠悠气。老锡匠叫人赶紧去找陈年的尿桶。他经验过这种事，打死的人，只有喝了从桶里刮出来的尿碱，才有救。

　　十一子的牙关咬得很紧，灌不进去。

　　巧云捧了一碗尿碱汤，在十一子的耳边说："十一子，十一子，你喝了！"

　　十一子微微听见一点声音，他睁了睁眼。巧云把一碗尿碱汤灌进了十一子的喉咙。

　　不知道为什么，她自己也尝了一口。

　　锡匠们摘了一块门板，把十一子放在门板上，往家里抬。

　　他们抬着十一子，到了大淖东头，还要往西走。巧云拦住了：

　　"不要。抬到我家里。"

　　老锡匠点点头。

　　巧云把屋里存着的鱼网和芦席都拿到街上卖了，买了七厘散，医治十一子身子里的瘀血。

　　东头的几家大娘、大婶杀了下蛋的老母鸡，给巧云送来了。

　　锡匠们凑了钱，买了人参，熬了参汤。

　　挑夫，锡匠，姑娘，媳妇，川流不息地来看望十一子。他们把平时在辛苦而单调的生活中不常表现的热情和好心都拿出来了。他们觉得十一子和巧云做的事都很应该，很对。大淖出了这样一对年轻人，使他们觉得骄傲。大家的心喜洋洋，热乎乎的，好像在过年。

刘号长打了人，不敢再露面。他那几个弟兄也都躲在保安队的队部里不出来。保安队的门口加了双岗。这些好汉原来都是一窝"草鸡"！

锡匠们开了会。他们向县政府递了呈子，要求保安队把姓刘的交出来。

县政府没有答复。

锡匠们上街游行。这个游行队伍是很多人从未见过的。没有旗子，没有标语，就是二十来个锡匠挑着二十来副锡匠担子，在全城的大街上慢慢地走。这是个沉默的队伍，但是非常严肃。他们表现出不可侵犯的威严和不可动摇的决心。这个带有中世纪行帮色彩的游行队伍十分动人。

游行继续了三天。

第三天，他们举行了"顶香请愿"。二十来个锡匠，在县政府照壁前坐着，每人头上用木盘顶着一炉炽旺的香。这是一个古老的风俗：民有沉冤，官不受理，被逼急了的百姓可以用香火把县大堂烧了，据说这不算犯法。

这条规矩记载于《六法全书》，现在不是大清国，县政府可以不理会这种"陋习"。但是这些锡匠是横了心的，他们当真干起来，后果是严重的。县长邀请县里的绅商商议，一致认为这件事不能再不管。于是由商会会长出面，约请了有关的人：一个承审——作为县长代表，保安队的副官，老锡匠和另外两个年长的锡匠，还有代表挑夫的黄海龙，四邻见证，——卖眼镜的宝应人，卖天竺筷的杭州人，在一家大茶馆里举行会谈，来"了"这件事。

会谈的结果是：小锡匠养伤的药钱由保安队负担（实际是商会拿钱），刘号长驱逐出境。由刘号长画押具结。老锡匠觉得这样就给锡匠和挑夫都挣了面子，可以见好就收了。只是要求在刘某人的具结上写上一条：如果他再踏进县城一步，任凭老锡匠一个人把他收拾了！

过了两天，刘号长就由两个弟兄持枪护送，悄悄地走了。他被调到三垛去当了税警。

十一子能进一点饮食，能说话了。巧云问他：

"他们打你，你只要说不再进我家的门，就不打你了，你就不会吃这样大的苦了。你为什么不说？"

"你要我说么？"

"不要。"

"我知道你不要。"

"你值么？"

"我值。"

"十一子，你真好！我喜欢你！你快点好。"

"你亲我一下，我就好得快。"

"好，亲你！"

巧云一家有了三张嘴。两个男的不能挣钱，但要吃饭。大淖东头的人家都没有积蓄，也没有什么东西可以变卖典押。结鱼网，打芦席，都不能当时见钱。十一子的伤一时半会儿不会好，日子长了，怎么过呢？巧云没有经过太多考虑，把爹用过的箩筐找出来，磕磕尘土，就去挑担挣"活钱"去了。姑娘媳妇都很佩服她。起初她们怕她挑不惯，后来看她脚下很快，很匀，也就放心了。从此，巧云就和邻居的姑娘媳妇在一起，挑着紫红的荸荠、碧绿的菱角、雪白的连枝藕，风摆柳似的穿街过市，发髻的一侧插着大红花。她的眼睛还是那么亮，长睫毛忽扇忽扇的。但是眼神显得更深沉，更坚定了。她从一个姑娘变成了一个很能干的小媳妇。

十一子的伤会好么？

会。

当然会！

一九八一年二月四日，旧历大年三十

载一九八一年第四期《北京文学》

七里茶坊

　　我在七里茶坊住过几天。

　　我很喜欢七里茶坊这个地名。这地方在张家口东南七里。当初想必是有一些茶坊的。中国的许多计里的地名，大都是行路人给取的。如三里河、二里沟、三十里铺。七里茶坊大概也是这样。远来的行人到了这里，说："快到了，还有七里，到茶坊里喝一口再走。"送客上路的，到了这里，客人就说："已经送出七里了，请回吧！"主客到茶坊又喝了一壶茶，说了些话，出门一揖，就此分别了。七里茶坊一定萦系过很多人的感情。不过现在却并无一家茶坊。我去找了找，连遗址也无人知道。"茶坊"是古语，在《清明上河图》、《东京梦华录》、《水浒传》里还能见到。现在一般都叫"茶馆"了。可见，这地名的由来已久。

　　这是一个中国北方的普通的市镇。有一个供销社，货架上空空的，只有几包火柴，一堆柿饼。两只乌金釉的酒坛子擦得很亮，放在旁边的酒提子却是干的。柜台上放着一盆麦麸子做的大酱。有一个理发店，两张椅子，没有理发的，理发员坐着打瞌睡。一个邮局。一个新华书店，只有几套毛选和一些小册子。路口矗着一面黑板，写着鼓动冬季积肥的快板，文后署名"文化馆宣"，说明这里还有个文化馆。快板里写道："天寒地冻百不咋①，心里装着全天下。"轰轰烈烈的大跃进已经过去，这种豪言壮语已经失去热力。前两天下过一场小雨，雨点在黑板上抽打出一条一条斜道。路很宽，是土路。两旁的住户人家，也都是土墙土顶（这地方风雪大，房顶多是平的）。连路边的树也都带着黄土的颜色。这个长城以外的土色的冬天的市镇，使人产生悲凉的感觉。

除了店铺人家，这里有几家车马大店。我就住在一家车马大店里。

我头一回住这种车马大店。这种店是一看就看出来的，街门都特别宽大，成天敞开着，为的好进出车马。进门是一个很宽大的空院子。院里停着几辆大车，车辕向上，斜立着，像几尊高射炮。靠院墙是一个长长的马槽，几匹马面墙拴在槽头吃料，不停地甩着尾巴。院里照例喂着十多只鸡。因为地上有撒落的黑豆、高粱，草里有稗子，这些母鸡都长得极肥大。有两间房，是住人的。都是大炕。想住单间，可没有。谁又会上车马大店里来住一个单间呢？"碗大炕热"，就成了这类大店招徕顾客的口碑。

我是怎么住到这种大店里来的呢？

我在一个农业科学研究所下放劳动，已经两年了。有

---

① "百不咋"是无所谓、没关系的意思。

一天生产队长找我，说要派几个人到张家口去掏公共厕所，叫我领着他们去。为什么找到我头上呢？说是以前去了两拨人，都闹了意见回来了。我是个下放干部，在工人中还有一点威信，可以管得住他们，云云。究竟为什么，我一直也不太明白。但是我欣然接受了这个任务。

　　我打好行李，挎包里除了洗漱用具，带了一只大号的3B烟斗，一袋掺了一半榆树叶的烟草，两本四部丛刊本《分类集注杜工部诗》，坐上单套马车，就出发了。

　　我带去的三个人，一个老刘、一个小王，还有一个老乔，连我四个。

　　我拿了介绍信去找市公共卫生局的一位"负责同志"。他住在一个粪场子里。一进门，就闻到一股奇特的酸味。我交了介绍信，这位同志问我：

　　"你带来的人，咋样？"

　　"咋样？"

　　"他们，啊，啊，啊……"

　　他"啊"了半天，还是找不到合适的词句。这位负责同志大概不大认识字。他的意思我其实很明白，他是问他们政治上可靠不可靠。他怕万一我带来的人会在公共厕所的粪池子里放一颗定时炸弹。虽然他也知道这种可能性极小，但还是问一问好。可是他词不达意，说不出这种报纸语言。最后还是用一句不很切题的老百姓话说：

　　"他们的人性咋样？"

　　"人性挺好！"

"那好。"

他很放心了，把介绍信夹到一个卷宗里，给我指定了桥东区的几个公厕。事情办完，他送我出"办公室"，顺便带我参观了一下这座粪场。一边堆着好几垛晒好的粪干，平地上还晒着许多薄饼一样的粪片。

"这都是好粪，不掺假。"

"粪还掺假？"

"掺！"

"掺什么？土？"

"哪能掺土！"

"掺什么？"

"酱渣子。"

"酱渣子？"

"酱渣子，味道、颜色跟大粪一个样，也是酸的。"

"粪是酸的？"

"发了酵。"

我于是猛吸了一口气，品味着货真价实、毫不掺假的粪干的独特的，不能代替的，余韵悠长的酸味。

据老乔告诉我，这位负责同志原来包掏公私粪便，手下用了很多人，是一个小财主。后来成了卫生局的工作人员，成了"公家人"，管理公厕。他现在经营的两个粪场，还是很来钱。这人紫棠脸，阔嘴岔，方下巴，眼睛很亮，虽然没有文化，但是看起来很精干。他虽不大长于说"字儿话"，但是当初在指挥粪工、洽谈生意时，所用语言一定是很清楚畅达，很有力量的。

掏公共厕所，实际上不是掏，而是凿。天这么冷，粪池里的粪都冻得实实的，得用冰镩凿开，破成一二尺见方大小不等的冰块，用铁锹起出来，装在单套车上，运到七里茶坊，堆积在街外的空场上。池底总有些没有冻实的稀粪，就刮出来，倒在事先铺好的干土里，像和泥似的和好。一夜工夫，就冻实了。第二天，运走。隔三四天，所里车得空，就派一辆三套大车把积存的粪冰运回所里。

看车把式装车，真有个看头。那么沉的、滑滑溜溜的冰块，照样装得整整齐齐，严严实实，拿绊绳一煞，纹丝不动。走个百八十里，不兴掉下一块。这才真叫"把式"！

"叭——"的一鞭，三套大车走了。我心里是高兴的。我们给所里做了一点事了。我不说我思想改造得如何好，对粪便产生了多深的感情，但是我知道这东西很金贵。我并没有做多少，只是在地面上挖一点干土，和粪。为了照顾我，不让我下池子凿冰。老乔呢，说好了他是来玩的，只是招招架架，跑跑颠颠。活，主要是老刘和小王干的。老刘是个使冰镩的行家，小王有的是力气。

这活脏一点，倒不累，还挺自由。

我们住在骡马大店的东房，——正房是掌柜的一家人自己住的。南北相对，各有一铺能睡七八个人的炕，——挤一点，十个人也睡下了。快到春节了，没有别的客人，我们四个人占据了靠北的一张炕，很宽绰。老乔岁数大，睡炕头。小王火力壮，把门靠边。我和老刘睡当间。我那位置很好，靠近电灯，可以看书。两铺炕中间，是一口锅灶。

天一亮，年轻的掌柜就推门进来，点火添水，为我们做饭，——推莜面窝窝。我们带来一口袋莜面，顿顿饭吃莜面，而且都是推窝窝。——莜面吃完了，三套大车会又给我们捎来的。小王跳到地下帮掌柜的拉风箱，我们仨就拥着被窝坐着，欣赏他的推窝窝手艺。——这么冷的天，一大清早就让他从内掌柜的热被窝里爬出来为我们做饭，我心里实在有些歉然。不大一会儿，莜面蒸上了，屋里弥漫着白蒙蒙的蒸汽，很暖和，叫人懒洋洋的。可是热腾腾的窝窝已经端到炕上了。刚出屉的莜面，真香！用蒸莜面的水，洗洗脸，我们就蘸着麦麸子做的大酱吃起来。没有油，没有醋，尤其是没有辣椒！可是你得相信我说的是真话：我一辈子很少吃过这么好吃的东西。那是什么时候呀？——一九六〇年！

我们出工比较晚。天太冷。而且得让过人家上厕所的高潮。八点多了，才赶着单套车到市里去，中午不回来。有时由我掏钱请客，去买一包"高价点心"，找个背风的角落，蹲下来，各人抓了几块嚼一气。老乔、我、小王拿一副老掉了牙的扑克牌接龙、鳖七。老刘在呼呼的风声里居然能把脑袋缩在老羊皮袄里睡一觉，还挺香！下午接着干。四点钟装车，五点多就回到七里茶坊了。

一进门，掌柜的已经拉动风箱，往灶火里添着块煤，为我们做晚饭了。

吃了晚饭，各人干各人的事。老乔看他的《啼笑因缘》。他这本《啼笑因缘》是个古本了，封面封底都没有了，书角都打了卷，当中还有不少缺页。可是他还是戴着老花镜津津有味地看，而且老看不完。小王写信，或是躺着想心事。老刘盘着腿一声不响地坐着。他这样一声不响地坐着，能够坐半天。在所里，我就见过他到生产队请一天假，哪儿也不去，什么也不干，就是坐着。我发现不止一个人有这个习惯。一年到头的劳累，坐一天是很大的享受，也是他们迫切的需要。人，有时需要休息。他们不叫休息，就叫"坐一天"。他们去请假的理由，也是"我要坐一天"。中国的农民，对于生活的要求真是太小了。我，就靠在被窝上读杜诗。杜诗读完，就压在枕头底下。这铺炕，炕沿的缝隙跑烟，把我的《杜工部诗》的一册的封面熏成了褐黄色，留下一个难忘的、美好的纪念。

有时，就有一句没一句，东拉西扯地瞎聊天。吃着柿饼子，喝着蒸锅水，抽着掺了榆树叶子的烟。这烟是农民用包袱包着私卖的，颜色是灰绿的，劲头很不足，抽烟的人叫它"半口烟"。榆树叶子点着了，发出一种焦糊的，然而分明地辨得出是榆树的气味。这种气味使我多少年后还难于忘却。

小王和老刘都是"合同工"，是所里和公社订了合同，招来的。他们都是柴沟堡的人。

老刘是个老长工，老光棍。他在张家口专区几个县都打过长工，年轻时年年到坝上割莜麦。因为打了多年长工，庄稼活他样样精通。他有过老婆，跑了，因为他养不活她。从此他就不再找女人，对女人很有成见，认为女人是个累赘。他就这样背着一卷行李，——一块毡子，一床"盖窝"（即被），一个方顶的枕头，到处漂流。看他捆行李的利索劲儿和背行李的姿势，就知道是一个常年出门在外的老长工。他真也是自由自在，也不置什么衣服，有两个钱全喝了。他不大爱说话，但有时也能说一气，在他高兴的时候，或者不高兴的时候。这二年他常发牢骚，原因之一，是喝不到酒。他老是说："这是咋搞的？咋搞的？"——"过去，七里茶坊，啥都有：驴肉、猪头肉、炖牛蹄子、茶鸡蛋……，卖一黑夜。酒！现在！咋搞的！咋搞的！"——"'楼上楼下，电灯电话'！做梦娶媳妇，净慕好事！多会儿？"① 他年轻时曾给八路军送过信，带过路。"俺们那阵，有什么好吃的，都给八路军留着！早知这样，哼！……"他说的话常常出了圈，老乔就喝住他："你瞎说点啥！没喝酒，你就醉了！你是想'进去'住几天是怎么的？嘴上没个把门的，亏你活了这么大！"

小王也有些不平之气。他是念过高小的。他给自己编了一口顺口溜："高小毕业生，白费六年工。想去当教员，学生管我叫老兄。想去当会计，珠算又不通！"他现在一

---

① 那时农村宣传"共产主义"，都说是"楼上楼下，电灯电话"。慕，是思量、向往的意思。这是很古的语言，元曲中常见。张家口地区保留了很多宋元古语。

个月挣二十九块六毛四，要交社里一部分，刨去吃饭，所剩无几。他才二十五岁，对老刘那样的自由自在的生活并不羡慕。

老乔，所里多数人称之为乔师傅。这是个走南闯北，见多识广，老于世故的工人。他是怀来人。年轻时在天津学修理汽车。抗日战争时跑到大后方，在资源委员会的运输队当了司机，跑仰光、腊戍。抗战胜利后，他回张家口来开车，经常跑坝上各县。后来岁数大了，五十多了，血压高，不想再跑长途，他和农科所的所长是亲戚，所里新调来一辆拖拉机，他就来开拖拉机，顺便修修农业机械。他工资高，没负担。农科所附近一个小镇上有一家饭馆，他是常客。什么贵菜、新鲜菜，饭馆都给他留着。他血压高，还是爱喝酒。饭馆外面有一棵大槐树，夏天一地浓荫。他到休息日，喝了酒，就睡在树荫里。树荫在东，他睡在东面；树荫在西，他睡在西面，围着大树睡一圈！这是前二年的事了。现在，他也很少喝了。因为那个饭馆的酒提潮湿的时候也很少了。他在昆明住过，我也在昆明待过七八年，因此他老愿意找我聊天，抽着榆叶烟在一起怀旧。他是个技工，掏粪不是他的事，但是他自愿报了名。冬天，没什么事，他要来玩两天。来就来吧。

这天，我们收工特别早，下了大雪，好大的雪啊！

这样的天，凡是爱喝酒的都应该喝两盅，可是上哪儿找酒去呢？

吃了莜面，看了一会儿书，坐了一会儿，想了一会儿心事，照例聊天。

像往常一样，总是老乔开头。因为想喝酒，他就谈起云南的酒。市酒、玫瑰重升、开远的杂果酒、杨林肥酒……

"肥酒？酒还有肥瘦？"老刘问。

"蒸酒的时候，上面吊着一大块肥肉，肥油一滴一滴地滴在酒里。这酒是碧绿的。"

"像你们怀来的青梅煮酒？"

"不像。那是烧酒，不是甜酒。"

过了一会儿，又说："有点像……"

接着，又谈起昆明的吃食。这老乔的记性真好，他可以从华山南路、正义路，一直到金碧路，数出一家一家大小饭馆，又岔到护国路和甬道街，哪一家有什么名菜，说得非常详细。他说到金钱片腿、牛干巴、锅贴乌鱼、过桥米线……

"一碗鸡汤，上面一层油，看起来连热气都没有，可是超过一百度。一盘子鸡片、腰片、肉片，都是生的。往鸡汤里一推，就熟了。"

"那就能熟了？"

"熟了！"

他又谈起汽锅鸡。描写了汽锅是什么样子，锅里不放水，全凭蒸汽把鸡蒸熟了，这鸡怎么嫩，汤怎么鲜……

老刘很注意地听着，可是怎么也想象不出汽锅是啥样子，这道菜是啥滋味。

后来他又谈到昆明的菌子:牛肝菌,青头菌、鸡①,把鸡夸赞了又夸赞。

"鸡? 有咱这儿的口蘑好吃吗? "

"各是各的味儿。"

……

老乔刮话的时候,小王一直似听不听,躺着,张眼看着房顶。忽然,他问我:"老汪,你一个月挣多少钱? "

我下放的时候,曾经有人劝告过我,最好不要告诉农民自己的工资数目,但是我跟小王认识不止一天了,我不想骗他,便老实说了。小王没有说话,还是张眼躺着。过了好一会儿,他看着房顶说:

"你也是一个人,我也是一个人,为什么你就挣那么多? "

他并没有要我回答,这问题也不好回答。

沉默了一会儿。

老刘说:"怨你爹没供你书②。人家老汪是大学毕业! "

老乔是个人情练达的人,他捉摸出小王为什么这两天老是发呆,为什么会提出这样的问题,说:

"小王,你收到一封什么信,拿出来我看看! "

前天三套大车来拉粪冰的时候,给小王捎来一封寄到所里的信。

---

① 鸡是一种菌,长在白蚁窝上,味极腴美。
② "供书"是拿钱供学生读书的意思。

事情原来是这样的：小王搞了一个对象。这对象搞得稍微有点离奇：小王有个表姐，嫁到邻村李家。李家有个姑娘，和小王年貌相当，也是高小毕业。这表姐就想给小姑子和表弟撮合撮合，写信来让小王寄张照片去。照片寄到了，李家姑娘看了，不满意。恰好李家姑娘的一个同学陈家姑娘来串门，她看了照片，对小王的表姐说："晓得人家要俺们不要？"表姐跟陈家姑娘要了一张照片，寄给小王，小王满意。后来表姐带了陈家姑娘到农科所来，两人当面相了一相，事情就算定了。农村的婚姻，往往就是这样简单，不像城里人有逛公园、轧马路、看电影、写情书这一套。

陈家姑娘的照片我们都见过，挺好看的，大眼睛，两条大辫子。

小王收到的信是表姐寄来的，催他办事。说人家姑娘一天一天大了，等不起。那意思是说，过了春节，再拖下去，恐怕就要吹。

小王发愁的是：春节他还办不成事！柴沟堡一带办喜事倒不尚铺张，但是一床里面三新的盖窝、一套花直贡呢的棉衣、一身灯芯绒裤袄、绒衣绒裤、皮鞋、球鞋、尼龙袜子……总是要有的。陈家姑娘没有额外提什么要求，只希望要一枚金星牌钢笔。这条件提得不俗，小王倒因此很喜欢。小王已经做了长期的储备，可是算来算去还差五六十块钱。

老乔看完信，说：

"就这个事吗？值得把你愁得直眉瞪眼的！叫老汪给你拿二十，我给你拿二十！"

老刘说："我给你拿上十块！现在就给！"说着从红布肚兜里就摸出一张十元的新票子。

问题解决了，小王高兴了，活泼起来了。

于是接着瞎聊。

从云南的鸡聊到内蒙的口蘑，说到口蘑，老刘可是个专家。黑片蘑、白蘑、鸡腿子、青腿子……

"过了正蓝旗，捡口蘑都是赶了个驴车去。一天能捡一车！"

不知怎么又说到独石口。老刘说他走过的地方没有比独石口再冷的了，那是个风窝。

"独石口我住过，冷！"老乔说，"那年我们在独石口吃了一洞子羊。"

"一洞子羊？"小王很有兴趣了。

"风太大了，公路边有一个涵洞，去避一会儿风吧。一看，涵洞里白糊糊的，都是羊。不知道是谁的羊，大概是被风赶到这里的，挤在涵洞里，全冻死了。这倒好，这是个天然冷藏库！俺们想吃，就进去拖一只，吃了整整一个冬天！"

老刘说："肥羊肉炖口蘑，那叫香！四家子的莜面，比白面还白。坝上是个好地方。"

话题转到了坝上。老乔、老刘轮流说，我和小王听着。

老乔说：坝上地广人稀，只要收一季莜麦，吃不完。

过去山东人到口外打把势卖艺，不收钱。散了场子，拿一个大海碗挨家要莜面，"给！"一给就是一海碗。说坝上没果子。怀来人赶一个小驴车，装一车山里红到坝上，下来时驴车换成了三套大马车，车上满满地装的是莜面。坝上人都豪爽，大方。吃起肉来不是论斤，而是放开肚子吃饱。他说坝上人看见坝下人吃肉，一小碗，都奇怪："这吃个什么劲儿呢？"他说，他们要是看见江苏人、广东人炒菜：几根油菜，两三片肉，就更会奇怪了。他还说坝上女人长得很好看。他说，都说水多的地方女人好看，坝上没水，为什么女人都长得白白净净？那么大的风沙，皮色都很好。他说他在崇礼县看过两姐妹，长得像傅全香。

傅全香是谁，老刘、小王可都不知道。

老刘说：坝上地大，风大，雪大，雹子也大。他说有一年沽源下了一场大雪，西门外的雪跟城墙一般高。也是沽源，有一年下了一场雹子，有一个雹子有马大。

"有马大？那掉在头上不砸死了？"小王不相信有这样大的雹子！

老刘还说，坝上人养鸡，没鸡窝。白天开了门，把鸡放出去。鸡到处吃草籽，到处下蛋。他们也不每天去捡。隔十天半月，挑了一副筐，到处捡蛋，捡满了算。他说坝上的山都是一个一个馒头样的平平的山包。山上没石头。有些山很奇怪，只长一样东西。有一个山叫韭菜山，一山都是韭菜；还有一座芍药山，夏天开了满满一山的芍药花……

老乔、老刘把坝上说得那样好，使小王和我都觉得这是个奇妙的、美丽的天地。

芍药山，满山开了芍药花，这是一种什么景象？

"咱们到韭菜山上掐两把韭菜，拿盐腌腌，明天蘸莜面吃吧。"小王说。

"见你的鬼！这会儿会有韭菜？满山大雪！——把钱收好了！"

聊天虽然有趣，终有意兴阑珊的时候。天已经很黑了，房顶上的雪一定已经堆了四五寸厚了，摊开被窝，我们该睡了。

正在这时，屋门开处，掌柜的领进三个人来。这三个人都反穿着白茬老羊皮袄，齐膝的毡疙瘩。为头是一个大高个儿，五十来岁，长方脸，戴一顶火红的狐皮帽。一个四十来岁，是个矮胖子，脸上有几颗很大的痘疤，戴一顶狗皮帽子。另一个是和小王岁数仿佛的后生，雪白的山羊头的帽子遮齐了眼睛，使他看起来像一个女孩子。——他脸色红润，眼睛太好看了！他们手里都拿着一根六道木二尺多长的短棍。虽然刚才在门外已经拍打了半天，帽子上、身上，还粘着不少雪花。

掌柜的说："给你们做饭？——带着面了吗？"

"带着哩。"

后生解开老羊皮袄，取出一个面口袋。——他把面口袋系在腰带上，怪不道他看起来身上鼓鼓囊囊的。

"推窝窝？"

高个儿把面口袋交给掌柜的：

"不吃莜面！一天吃莜面。你给俺们到老乡家换几个粑粑头吃①。多时不吃粑粑头，想吃个粑粑头。把火弄得旺旺的，烧点水，俺们喝一口。——没酒？"

"没。"

"没咸菜？"

"没。"

"那就甜吃！"②

老刘小声跟我说："是坝上来的。坝上人管窝窝头叫粑粑头。是赶牲口的，——赶牛的。你看他们拿的六道木的棍子。"随即，他和这三个坝上人搭起来：

"今天一早从张北动的身？"

"是。——这天气！"

"就你们仨？"

"还有仨。"

"那仨呢？"

"在十多里外，两头牛掉进雪窟窿里了。他们仨在往上弄。俺们把其余的牛先送到食品公司屠宰场，到店里等他们。"

"这样天气，你们还往下送牛？"

"没法子。快过年了。过年，怎么也得叫坝下人吃上

---

① 他们说"粑粑头"，"粑粑"作入声。
② 张家口一带不说"淡"，说"甜"。

一口肉！"

不大一会儿，掌柜的搞了粑粑头来了，还弄了几个腌蔓菁来。他们把粑粑头放在火里烧了一会儿，水开了，把烧焦的粑粑头拍打拍打，就吃喝起来。

我们的酱碗里还有一点酱，老乔就给他们送过去。

"你们那里今年年景咋样？"

"好！"高个儿回答得斩钉截铁。显然这是反话，因为痘疤脸和后生都扑哧一声笑了。

"不是说去年你们已经过了'黄河'了？"

"过了！那还不过！"

老乔知道他话里有话，就问：

"也是假的？"

"不假。搞了'标准田'。"

"啥叫'标准田'？"

"把几块地里打的粮算在一起。"

"其余的地？"

"不算产量。"

"坝上过'黄河'？不用什么'科学家'，我就知道，不行！"老刘用了一个很不文雅的字眼说："过'黄河'，过毬的个河吧！"

老乔向我解释："老刘说的是对的。坝上的土层只有五寸，下面全是石头。坝上一向是广种薄收，要求单位面积产量，是主观主义。"

痘疤脸说："就是！俺们和公社的书记说，这产量是虚的。但人家说：有了虚的，就会带来实的。"

后生说："还说这是：以虚带实。"

我还从来没有听说过"以虚带实"是这样的解释的。

高个儿沉重地叹了一口气："这年月！当官的都说谎！"

老刘接口说："当官的说谎，老百姓遭罪！"

老乔把烟口袋递给他们：

"牲畜不错？"

"不错！也经不起胡糟践。头二年，大跃进，大炼钢铁，夜战，把牛牵到地里，杀了，在地头架起了大锅，大块大块地煮烂，大伙儿，吃！那会儿吃了个痛快；这会儿，想去吧！——他们仨咋还不来？去看看。"

高个儿说着把解开的老羊皮袄又系紧了。

痘疤脸说："我们俩去。你啦①就甭去了。"

"去！"

他们和掌柜的借了两根木杠，把我们车上的缆绳也借去了，拉开门，就走了。

听见后生在门外大声说："雪更大了！"

老刘起来解手，把地下三根六道木的棍子归在一起，上了炕，说：

"他们真辛苦！"

---

① "你啦"是第二人称的尊称，相当于北京话的"您"，大概是"你老人家"的切音。

过了一会儿，又自言自语地说：

"咱们也很辛苦。"

老乔一面钻被窝，一面说：

"中国人都很辛苦啊！"

小王已经睡着了。

"过年，怎么也得叫坝下人吃上一口肉！"我老是想着高个儿的这句话，心里很感动，很久未能入睡。这是一句朴素、美丽的话。

半夜，朦朦胧胧地听到几个人轻手轻脚走进来，我睁开眼，问：

"牛弄上来了？"

高个儿轻轻地说：

"弄上来了。把你吵醒了！睡吧！"

他们睡在对面的炕上。

第二天，我们起得很晚。醒来时，这六个赶牛的坝上人已经走了。

一九八一年五月十一日写成

载一九八一年第五期《收获》

《长河文丛》

梁由之　主编

九州出版社出版

第一辑

《旅食与文化》汪曾祺　著

《往事和近事》葛剑雄　著

《大师课徒》魏邦良　著

《书山寻路》魏英杰　著

第二辑

《旧梦重温时》李辉　著

《四时读书乐》王稼句　著

《汉代的星空》孟祥才　著

《从陈桥到厓山》虞云国　著

第三辑

《寂寞和温暖》汪曾祺　著

《城南客话》汪曾祺　著

《天人之际》葛剑雄　著

《古今之变》葛剑雄　著